講談社文庫

新装版

妖怪(上)

司馬遼太郎

講談社

目次（上）

目次（下）

妖怪（上）

京へ

一

この時代にはこんなやつがいた、というはなしである。
この時代とは、
際限のない戦乱と一揆《いっき》
慢性化した飢饉《ききん》
都における無警察、無秩序、頽廃《たいはい》
土民の擡頭《たいとう》
室町将軍家のひとり栄華
といったふうの時代で、室町の頽廃期といっていい。有名な応仁の乱よりややさかのぼって十数年前といったところが、この「源四郎」の青春期だった。

まった。

「ばかげている」

と、ある日、源四郎はにわかに熊野の山中でおもった。このときから、行動がはじまった。

「都へ出て、将軍になろう」

むろん、正気である。

この若者のうまれた熊野は紀州半島の南を占める大山塊で、高峰が連立し、渓《たに》は深く、渓流は早く、山あいに湯が湧き、霧はつねに青く、古来、行者《ぎょうじゃ》の行場とされている。

母は、遊女であった。

もとは熊野本宮の巫女《みこ》であったらしいが、多くの巫女がやがてはそうなるように、山の遊《あそ》び女《め》になった。

熊野は、これほどの山中でありながら、都の者がこれほど詣《もう》でる場所もない。王朝のむかしから、

――蟻《あり》の熊野詣で。

といわれ、天子をはじめ京の貴族が何百人の供をつれてこの熊野に詣でるのがすた

りのない流行とされてきている。参詣者が山坂を蟻のようにつらなってゆくところから蟻の熊野詣でといわれたのであろう。

そのための遊び女も多かった。遊び女たちはよく子を宿した。このため熊野では貴族の落胤《おとしだね》が多く、たとえば源平のころに活躍する頼朝・義経の叔父新宮十郎行家は、源為義が熊野で遊び女にうませた子である。

山には、そのたぐいの者が多い。

牛鬼峠には「大納言の子」というきこりもおれば、那智山には「少将のむすめ」という遊女もいる。

そのなかで源四郎は、

「室町将軍六代足利義教《あしかがよしのり》公の落胤」

ということになっていた。それを若いころから騒がしく唱えているのは母親の萱《かや》だったが、むろんなんの証拠もない。ある年の夏、都から武家貴族がおおぜいきた。そのうちのもっとも尊貴な人物の夜伽《よとぎ》を萱がしたというのだが、それだけのことである。たしかにその人物こそ足利一族だったというのだが、それがのちの義教将軍であるかどうかは疑問であった。

「たしかにそうじゃ」

と、萱は源四郎の幼児のころからそのように教えてそだてた。

それだけが、母親の遺産である。

その母親が死に、源四郎は弟切峠《おとぎりとうげ》の上にある墓場まで背負って行った。穴を掘り、そのなかへ母親のからだを落しこんだ瞬間、源四郎はひと声、鳥がとびたつほどの大声で泣いたが、しかし土をかぶせたときにはもう目がすわっていた。

「都へ出て、将軍になろう」

とつぶやいたのは、このときである。

その日は、小屋にもどって寝たが、体中の血が酢になったようで、ねむれたものではなかった。

二十二年、母親の萱とこの小屋でくらしたが、その母親はいまはいない。

「なんということだ」

源四郎は寝わらのなかから瞼《まぶた》をつりあげて小屋のなかを見まわした。壁にかかったミノや古びた菅笠《すげがさ》、いろり、その上の鍋、なにもかもが、母親の死とともに呼吸をとめてしまったように白ばっくれている。

「うぬらも、浄土へ行ったか」

と、源四郎はつぶやかざるをえない。母親の生活とともにあったそれらは、母親がこの世を去るとともにそれらの魂も供をして冥土《めいど》へ去ったようにしか思えない。おそらくそうであろう。とすれば、このままこの小屋にいるかぎり、源四郎の魂もふらふらと冥土へよろめき出てしまいそうだった。

(これはたまらぬ)

と、源四郎ははね起きた。京へ出発するとすれば夜中ながらいまから発《た》とう。この小屋を焼きはらってしまえ。そうおもった。

源四郎は、奥へ駈けこみ、行李《こうり》をひとつかつぎ出してきた。開けた。

そこに、麻地の古びた侍装束がひとそろい、おさめられている。烏帽子《えぼし》もあり、太刀《たち》までおさめられている。

(これを着て。——)

左様、これを着て都にのぼろう。死んだ母親がかねがね、

「あの侍装束は、この小屋の宝ぞえ」

といっていたが、なるほど、遊女とその私生児からみれば宝には相違ない。しかしなぜあの萱がこれを持っていたのであろう。

（これはきっと）

と、少年のころ、源四郎はおもった。都の将軍さまの置き形見にちがいない。そのように信じ、そうであればこそ自分は将軍の落胤だとおもっていたが、しかし長ずるにつれてどうやらちがうと思いはじめた。

（これは下級の青侍《あおざむらい》の装束らしい）

そう思いはじめた。山ぐらしながら、源四郎は、谷むこうの青岩寺で学問もならったし、那智の山伏《やまぶし》から刀術も学び、諸方の山伏から世間ばなしをきいて、山ぐらしの若者とは思えぬほどに世間智もある。服装による侍の階級も、なんとなくわかっていた。

（太刀ひとつでもそうだ）

銅《あかがね》ごしらえの武骨なものである。こんなものを将軍がもっているはずがない。

ともあれ、それをつけた。

戸外に出ると、そのあたりの枯草を軒下に積みあげ、タイマツの火を移した。みるみる炎が成長し、やがて轟《ごう》っと音をたてて小屋をつつんだとき、源四郎は、

「わっ」

と、火にむかって哭《な》いた。哭きつつ坂を駈け降り、ついにふりむかなかった。途

中、何度かエリガミをつかんでひきもどそうとする者があったが、そのつどこの中世の若者は般若心経《はんにやしんぎよう》を大声で誦《ず》することによってふりはらいふり切り、最後には剣をぬいて背後なる者を斬った。

　それでも追ってくる。

二

まだ夜があけない。

街道は道というようなものでなく、細い渓流の河原《かわら》づたいの道である。

ひらっ
と飛ぶ。岩から岩へ。

天に樹木がかさなり、視野はまっくろだが、山に馴れたこの若者にはさほどの不自由がない。瀬の音をきき、耳であるく。音変りのするところが岩場である。

足の裏が、岩から岩へ飛んでゆく。

ややひろい砂地にわらじがついたとき、瞬間、空気がかわった。

というしかない。

例を、水中の魚にたとえるべきであろう。魚は、水圧の変化で外敵を感ずる。人が水中に手を入れてつかもうとすればその手の存在を水の圧で感じ、ひらりと避けてしまう。源四郎の場合も、そうであった。この男の皮膚が、異変を感じさせた。

右へ飛んだ。棒が、その頭上をうなりつつ過ぎた。

「物怪《もののけ》えっ」

と、悲鳴のように叫ぶ声が背後でおこり、二ノ棒、三ノ棒が飛んできた。

「ちがう、おれは人だ」

と、源四郎があわただしく叫ばねばならぬほど、その棒はするどかった。

幸い、天が銀色にかわった。夜が明けそめ、杉のこずえの新葉がきらきらとかがやきはじめるころ、互いに相手がわかった。

岩場の上に、大男の山伏が立っている。源四郎は下から仰いだ。

「どうぞ」

と、この若者は微笑をふくみ、下の座敷にでも招じ入れるようないんぎんさで、自分を殺そうとした怪人にいった。下へおりてこい、というのである。

「ご遠慮には、およびませんよ」

言葉づかいが丁寧である。なぜならば母親の萱が、この若者が生後立って歩けるようになったころから室町風《むろまちふう》の行儀作法と言葉づかいをさんざんに教えこんだ。このため、野性と典雅さのいりまじったふしぎな若者ができてしまっている。

「なにを怖れていらっしゃる。私にはあなたを殺《あや》め奉るような、そういう心はございませぬ」

「妙なやつだ」

山伏も安堵したのだろう、腹を掻《か》きながらなおも用心ぶかく見た。

「お前の名は、なんだ」

「弱いほうから、名乗るべきでしょう」

「弱い？」

山伏は、むっとしたらしい。しかしながら思いなおしてみずから名乗った。

「腹大夫《はらだいふ》だ」

若者は、笑いだした。なるほど、腹が布袋《ほてい》のように大きい。

「山伏のような名ではありませぬな」

「山伏ではないからさ」

男は、飛びおりた。

存外若い男である。二十六七か。

「旅をするのに、この装束が便利だからよ。おぬし、どこへゆく」

「京へ」

「ああ、おれもだ。京で一旗あげにゆく」

「なんの旗を」

「インジの大将さ」

印地というのは、やくざ者というほどの意味である。京のみだれにつけこんで印地の大将になろうとしているらしい。

(印地の大将に？)

この腹大夫は、あぶれ者の大将になるために京に出てゆくというのである。世の中にそういう馬鹿がいるだろうか。

「なぜ印地の大将などになろうとおもったのです」

と、河原の道をくだりながらきいた。腹大夫は大声で笑った。

「おまえ、都の様子を知らぬな」

「とは？」

「いまは都はあぶれ者の天下さ」

腹大夫のいうところでは、いまの都は四つの勢力がうごかしているという。

「四つとは？」

「まず土倉《つちぐら》さ」

土倉とは質屋のことである。江戸時代の質屋とくらべれば比較にならぬほど巨大な存在で、大名から庶民にいたるまでの幅ひろい金融活動をかれらはしている。

が、これより強い存在は一揆の大将であろう。腹大夫にいわせると一揆の大将が第二番目の存在である。都のなかや郊外で間断なく一揆がおこり、かれらは徳政（借金棒引き令）を幕府に強要したり、土倉を襲撃してその質草を強奪したりしているが、その庶民の武装蜂起《ほうき》の専門的な指導者が一揆の大将といわれる連中だった。

「最後は将軍と管領《かんれい》（首相というべきか）だよ」

「三番目はなんです」

「それさ、それが印地の大将よ」

印地の大将は平素は子分をあつめてばくちを打ったりしているが、いったん戦乱があったりするとどちらかの側に金で買われ、足軽を提供するのだという。

「足軽とはなんです」

「ほう、足軽を知らぬのか」

いまの流行語のようなものだ。こんにちでは戦争の実体がかわり、鎌倉風の騎馬戦、一騎打ちといった、つまり武士同士の格闘というふうの戦争の仕方から集団戦になりつつあり、そのためには長柄《ながえ》一本をかついだ徒歩の雑兵《ぞうひょう》が大いに役に立つ。その雑兵が足軽である。

諸大名たちは京で権力あらそいをしたあげくついには戦争手段にうったえるが、そのとき大量の足軽が要《い》る。

「そのとき印地の大将にたのみにくる」

と、腹大夫はいう。なぜならば諸大名は後年の戦国期のように足軽を常備軍としてかかえておく習慣も経済能力もない。このため臨時やといの兵が必要なのである。

「だからどれだけ多くの印地をあつめえたかということで大名どもの勝敗がきまる。このため印地の大将というのは大したものよ」

「なるほど」

「おれのような氏も素姓《すじよう》もない、欲だけがありあまっているような男が世の中に出ようとすれば印地の大将になるほかないさ」

「腹大夫さんは、どちらのおうまれです」

「大地のうまれよ」

それしか説明のしようのない、あやしげな素姓であるらしい。

(滑稽なやつだな)

と、源四郎はおもいつつ、腹大夫の様子をみた。顔の肉がたっぷりとつき、全体が米だわらのようであり、米だわらに手足がはえて歩いているようである。これほど不格好なからだをしながら、あれほど身軽に棒がつかえるとは思えないほどである。

「おれの話はすんだ。あんたの番だ」

と、汗くさい肩をつけてきた。

「なんのために京へのぼるのだ」

「私ですか」

源四郎は、掌《てのひら》に糒《ほしい》をのせている。それをつまんでは食いつつ歩く。

「都へのぼって将軍になるのです」

「…………」

と、腹大夫は沈黙した。沈黙し、源四郎の横顔をみた。この男、気が触れているのではあるまいか。

「将軍とは、征夷大将軍のことだろうな」

「ええ。淳和《じゅんな》奨学院ノ別当、源氏ノ長者、内大臣、征夷大将軍」

と、足利将軍の正式の肩書きを源四郎はいった。

「気でもちがっているのかね」

腹大夫は、他家に忍びこんだ盗賊が飼い犬にそっと手を出して撫《な》でるような、そういう慎重さでいった。もし狂人ならばなにをするかもしれない。

「正気です」

「そりゃ、正気だろうけど」

やがて腹大夫は源四郎からかれのいう落胤《おとしだね》ばなしをきき、叫び声をあげた。

「そりゃ、本当か」

「あたりまえです」

「しかし証拠があるのかね」

「私が証拠ですよ」

「もっともだ」

と、腹大夫はうなずいた。

「ちかごろは、なにぶん世の中がかわった」

将軍や守護大名の相続問題がである。源平のころや鎌倉幕府、室町幕府初頭までは正室の子の長男が相続についての優先権をもっており、家長が指名することで世子が成立する。

が、ちかごろはちがう。なにしろ下剋上《げこくじょう》の時代であり、世子をきめるのは重臣たちなのである。かれらが評定《ひょうじょう》をひらいたり、またはその強大な者が独断でえらび、「推戴《すいたい》」というかたちをとる。重臣たちにとってはそのほうが、実権をふるうために都合がいいからであろう。そのため、嫡子か庶子かなどということもあまり問題にならない。諸事、基準も正義もなく、あるのは利害と都合だけのゆるみきった時代なのであり、腹大夫はそれをいうのである。

「だから、都合がいい。都にのぼれば勢いのいい大名に取りつけばよかろう」

「うん」

源四郎は素直にうなずいた。

「そのうえ都合のいいことに、御当代の義政さまには御台所《みだいどころ》さまとのあいだにもお側《そば》女《め》にも御子はない。姫君はあるらしいが」

その御台所というのは公卿《くげ》の日野家からきた富子御料人で、なにかにつけて都で評判の女性だという。

その夕、二人は熊野街道に沿った湯峯《ゆのみね》というところに泊まった。湯治場《とうじば》である。温泉が川筋の崖下にわき出て、皮膚病の湯治客が多く、宿泊の設備もあり、湯も宿も、熊野本宮が所有し、その下寺の東光寺に経営させている。宿といっても粗末なもので、一棟に五十人ばかり収容し、むろん板敷きのゆかで、寝わらは自分で用意しなければならない。

源四郎は、ここで発熱した。

「なあに、湯あたりだろう」

と腹大夫は最初たかをくくっていたが、腹痛をともないはじめたので不安になってきたらしい。

「わるいものでも食ったのか」

「いや、水にあたったのかもしれません」

と源四郎は高熱の下からいった。源四郎には確信があった。うまれた山の泉だけ飲んで育っただけに、他の場所の水にからだが適《あ》わない。

腹大夫は意外に親切な男で、源四郎のひたいを冷やしたり腹を温めたりして熱心に看病してくれた。

もっとも、その看病のあいまには湯治客を相手に源四郎の秘密をしゃべりちらしていたらしい。

「あれが、室町将軍家のおとしだねだよ」

とか、

「よくおがんでおけ。末は将軍になる男だ」

とかいった。みな舌をふるっておどろいたが、効果もあった。それぞれが手持ちの薬を出して源四郎にのませてくれたからである。

翌日になると腹大夫はいよいよ親切になり、

「なあに、どんな薬もきくものか。うまれ在所の水をのめばなおるのだ」

といって姿を掻きくらました。

夜になって全身汗みどろのまま駈けもどってきた。手に竹の筒いっぱいの水をもっている。

「これだ、この水だ」

と、椀《わん》にうつし、源四郎にのませようとした。

「本当に私の在所の水ですか」

源四郎が疑わしそうにいうと、腹大夫は顔を真赤にして怒りだした。

「疑うのか」

「しかし往復すれば二十里ですが」

「おれは雲に乗って飛べるのだ」

(うそだ)

と、源四郎は吹きだしかけた。

飲んでみると、やはり味がちがう。どうやらその辺の水を汲んできたものらしい。しかしそれをとがめだてするのも気の毒だから、

「ああ、これは本当です。在所の水です。どうやら痛みもおさまってきたようです」

というと、腹大夫は、

「苦心の甲斐があった」

と、無邪気によろこんだ。

源四郎の察するところ、事実、親切な男なのであろう。しかし親切さとは別に、諸事うそっぱちくさい男で、この水はやはりうそっぱちの在所水であるらしい。

いずれにせよ、このため数日逗留した。この逗留中、腹大夫が源四郎の秘事をさんざん人にしゃべったために行くさきざきに知れてしまった。

三

源四郎たちがその怪奇に遭ったのは、ながい山中の旅から海岸に出てからである。紀伊半島の西海岸を、海岸ぞいに北をさしてのぼってゆくのが、古来、

——熊野の海の道

といわれてきた街道であった。この海浜のなぎさの白さ、海の碧《あお》さ、岬や島々のおもしろさは他国に類がない。

その場所は、田辺から岬の数にしていくつだろう。

森ノ鼻

目津《めづ》崎

切目崎

と過ぎ、切目崎の坂をくだろうとするあたりが、切目王子である。

道に、人がたかっていた。

(なんだろう)

と二人が人垣のなかにまじると、猿が三十ぴきばかり踊っている。それぞれ手をあ

げ、足をまわし、輪になって踊っている。

「あれはなんです」

と、源四郎が横の旅人にきいたが、旅人は春霞《はるがすみ》のかかったような、そういう目を見ひらいたまま返事もしない。この旅人だけでなしにどの見物人も沈黙し、驚きの声も放たず、影のように立っているだけである。

「将軍」

腹大夫もさすがに気味わるそうに源四郎の袖をひいた。

「あれは猿の六斎《ろくさい》念仏だぜ」

なるほどそういわれてみればそうである。どの猿も腹の前に鉦《かね》をつるし、ある猿は小太鼓をつるし、念仏踊りのリズムにあわせて愉快げにたたいているが、奇妙なことに音はきこえない。

そのうち、右手の崖の上で物音がしたかと思うと、数百ぴきの猿が土けむりをあげて駈けおりてきた。手に手に弓や刀をもち、大将の猿は鹿の背に乗って采配をふっている。その大将猿は源四郎の前までくるや、鹿からとびおり、地に伏した。

「これは源氏の長者、足利将軍家のおん世嗣《よつぎ》におわしまするや」

と、ものをいったが、源四郎はあまりのことに声をうしなった。

「京へのぼられるまでのあいだ、お供つかまつりとう存じます。これへお乗りあれ」

と、鹿をひいてきた。

(こんなものに乗れるだろうか)

とおもったが、首をひきよせてまたがるとそれが立派に馬になった。

馬が、歩きだした。

(腹大夫は、どこに行った)

馬上の源四郎は不安になった。不安でもあり、あの腹大夫も連れて行ってやりたい、ともおもって左右を見まわすと、人垣もない。いつの間にか猿の群れも消えていた。

「腹大夫どの」

源四郎が馬上で叫ぶと、その下の馬が悲鳴をあげた。人間の悲鳴であった。

「おれだ、おれが馬になっている」

腹大夫は四ン這いになっていた。源四郎がおどろいてとびおりると、腹大夫も埃まみれのまま立ちあがった。

ふたりはぼう然と顔を見合わせた。なんとも事情がわからないのである。

「こいつは、妖怪のしわざだぜ」

と、腹大夫のほうがまず我にかえった。その証拠に怒りだした。腹も立つだろう。

「なにしろ、真っ昼間だぜ」

腹大夫はくやしそうにいった。右手は山の崖、左手は海の崖である。崖の下の海は遠く四国の山々にまで昼さがりの日光があふれている。腹大夫のくやしさは、この刻限に物怪《もののけ》にたぶらかされた自分たちの間ぬけさかげんがたまらないということであろう。

「あれは物怪だったのですか」

源四郎は、まだ夢から醒《さ》めきっていない顔でいった。声が枯れている。

「物怪でないとすれば、なんだというのだ」

「まだ本当だったような」

「なにを言やがる。お前さんはまだいいが、おれなんざ」

腹大夫のくやしさは、鹿にされたことであった。最初鹿にされて、ついで馬にされ、源四郎を乗せてしまった。しかもすっかり馬のつもりになって勢いよく駈けだし、そのおかげで手やすねにすり傷がついてしまっている。

「妙だな。おれは元来、狐狸《こり》や物怪にかからないのが自慢だったのだが」

「あれは狐ですか」

「狐なんぞの手合いではあるまい。よほど劫《こう》を経たなにかだろう」

「猿の老いたやつでしょうか」

「ちがうだろう。猿はなまじい浅智恵のあるやつだから、人をだますような才覚はあるまい。猿より利口なやつだ」

「じゃ、人間ですね」

「ソウサ」

といった声が、腹大夫の声ではない。ふたりは同時にふりかえった。

そこに背のひくい、干しあげた魚のように痩せきった老人が立っている。いや、老人というのは間ちがいかもしれない。とにかく皺の多い、だまっていても笑っているような、奇妙な顔の男が、麻の一枚布をだらりと着て立っている。

「京へのぼるのかね」

と、どんどん寄ってきた。二人は思わず道端へ避けると、男はそのまま同じ速度で通りすぎてゆく。

「おい」

腹大夫は追いながら声をかけた。追いながら――というのはよくない。

らず主を取る。人を従に置く。腹大夫は男の動きにつれて問いかけなければならない。

と、源四郎はおもった。この点、源四郎は聡明な若者で、催眠術者というのはかなら

「うぬはたれだ」

「指阿弥《ゆびあみ》といわれている男さ。正しくは指阿弥陀仏」

「どういうこんたんがあってわれらを幻戯《めくらまし》にかけた」

「かけた?」

と、指阿弥陀仏の背中が笑った。

「うぬらが勝手にかかったのよ。わしはただ道ばたで遊んでいただけさ」

結局、そのかたちのまま二人は三里ばかり指阿弥陀仏の背について歩いた。どうにも離れる気がしないのはどういうわけであろう。

それに源四郎の意外さは、この幻術師は源四郎が京にのぼる目的をよく知っていることであった。知った上でなにかを企んでいるらしいということだけはわかった。

背中だけが、見える。

――背中だけの男か。

とおもうほどに、指阿弥陀仏はふりむかずとどまらず、源四郎と腹大夫の前をゆくのである。

(追いこしてやれ)

と、源四郎や腹大夫がおもって足を早めかけると、その胸中をよんでいたように、一瞬さきにスイと足を早める。

(かなわない)

と、源四郎はおもった。やはり指阿弥陀仏の存在にとらわれているのである。

「おい、駈けようか」

と、腹大夫は源四郎にささやいた。指阿弥陀仏の呪縛《じゅばく》からのがれるのは、追いついて追い越し、その面《つら》に唾《つば》でも吐きかけてやるほかない。

「駈けましょう」

源四郎は、腰の太刀をはずし、左肩にかついだ。腹大夫は金剛杖をとりなおし、小脇にかかえた。二人は駈けだした。

が、そのときは指阿弥陀仏も駈けてしまっている。ひらひらと麻衣《あさごろも》をひるがえしつつ駈けてゆく。足を早めれば、麻衣も早くなった。ゆるめると、麻衣の速度もゆるくなる。

と、源四郎はほとんど絶望した。が、腹大夫は絶望しなかった。

(逃げ水のようだ)


「叩っ殺してやる」

とさらに駈けようとしたが、源四郎は駈けながらその腹大夫の袖をおさえた。

「むだです」

と、指さした。走っているのは指阿弥陀仏ではなく、かれの麻衣だけなのである。足も手も首もなくひらひらひらと前方を飛んでいる。

「あれをごらんなさい」

「なにが、あれだ」

「飛んでいるのは、麻衣だけですよ」

というと、腹大夫にもそれがわかったらしく、足をとめ、息の荒さにたえかねて尻餅をついた。源四郎も、すわりこんだ。

「もう、あきらめましょう」

といった瞬間、麻衣が掻き消すようになくなっているのを知った。

「わかった」

と、源四郎はいった。

「とらわれているからいけないのです。相手にならなければそれでいいのです。その証拠にいまはなにごともありません」

「それにしても、どこに消えただろう」

「腹大夫さん」

源四郎は聞きとれぬほどの小声でいった。

「きっと後ろにいますよ」

「えっ」

「ふりむいてはいけません。最初からあの男は後ろにいたにちがいありません。前を飛んでいたのは逃げ水のようなものです。とにかく相手にならずにゆきましょう」

腰をあげ、二人は坂をくだりはじめた。どちらも固い表情をしていた。

その夜は、湯川という村にとまった。このあたりは湯川氏の領地で、地は富み、人家も多く、どの家も屋敷が大きい。そのうちの一軒が、表に梛《なぎ》の木の枝を吊っていた。

「熊野参詣のゆき帰りの者なら泊めてもいい」というシルシなのである。ふたりはそこで泊まった。

四

宿ではいそがしい。

この時代の道中のつらさは、江戸時代人などの及びもつかぬところであろう。着けばなによりもさきに煮たきの用意をせねばならなかった。

それより前に物売りから魚と野菜と米を買った。ついでに腹大夫は酒と油を買った。油は灯火のためのものであった。

「油まで買うのですか」

「こいつを持っていると、待遇《もてなし》がよくなるのさ」

と、腹大夫は妙なことをいった。

日が暮れてから、雨になった。腹大夫と源四郎は二人だけの酒盛りをした。二人のあいだに燭台《しょくだい》が景気よく燃えている。

「どうだ、あかあかと法楽《ほうらく》なものではないか」

と、腹大夫は夜間、灯火をともすこのぜいたくさがこたえられぬらしい。この国では菜種油が発見され普及されるまでになお半世紀を経ねばならず、灯火のための油は荏胡麻油《えごまあぶら》だった。荏胡麻油は生産もたかが知れており、自然値が高く、庶民がこのように遊びであぶらの灯をともすなどはめったにできぬぜいたくであり、みな日が暮れると鳥がやぶへいそぐようにあわてて戸を閉め、納戸《なんど》にもぐりこんで寝てしまう。

(なるほど)

と源四郎がおもったのは、灯油をつけていると宿の老夫婦の態度がにわかにあらたまり、わざわざあいさつにきたくらいであった。

老夫婦がひっこむと、若い女がきた。

「灯があるのね」

と、虫が慕い寄るように燭台のそばへきて徳利をもちあげた。

「これ、その酒はこいちのだ」

と、腹大夫があわてると、女は冷笑して、

「お酌をしてさしあげるというのに、要《い》らないのですか」

といった。腹大夫はあわてて手を振り、

「めっそうもない。酌なら大きにしてもらおう」

と言い、顔を垂れて杯を唇につけ、やがて滴《しずく》ものこさず飲み干すと、女にさし出した。

「私はね」

徳利を傾けながら、女はいった。

「くららと言うのです」

「妙な名前だな」

文字で書けば苦参《くらら》であろう。豆科の薬草で根はにがく、煎《せん》じて胃の薬にする。百姓などはくららの葉を煮てその煮汁を畑の野菜にかけたりする。駆虫にいい。

「歩き巫女《みこ》よ」

といったが、言わずともその服装でわかる。歩き巫女とは諸国を渡りつつ呪術《じゅじゅつ》を施したりおふだを売ってまわる女だが、ときに売春をせぬでもない。

腹大夫は、独り酔ってきた。

(けちなやつだ)

と、源四郎は内心苦笑した。自分の銭で酒を買ったからでもあるが、源四郎にはほんの一杯飲ませただけであとは自分だけが飲んでいる。

睡くなった。

寝ようと思い、隣室へ入ると、くららという巫女が当然なようについてきて源四郎の寝支度を手伝い、その寝床にまで入ってしまった。

「なんだ、おまえは」

「だまって――」

と、苦参という この歩き巫女は源四郎の口をおさえた。源四郎は女に初心《うぶ》であったが、男はこういうときじっとしているほうが果報がくるということぐらいは知っている。

(おれに伽《とぎ》してやろうと、自分で持ちこんできてくれたのだろう)

――しかし。

とおもった。あの腹大夫が隣室にいるではないか。気づきはすまいか。

「いいの」

と、女は源四郎の胸中を読みとったようにいった。

「あのひとは、私が酔わせてあります。もうじき正体なく倒れるでしょう」

なるほど隣室では腹大夫はしたたかに酔ってしまったらしく、二人が居なくなったことに気づいていそうにない。

腹大夫は低吟して、謡《うた》をうたいはじめた。今様《いまよう》(流行歌)である。

「夢候《ゆめそろ》よ」

という謡であった。源四郎がそっとのぞくと腹大夫は頭を深く垂れ、酒のみ茶わんを膝のうえにかかえてゆらゆらとうたっている。

憂きもひととき
うれしきも
思い醒《さ》ませば
夢候よ

刹那《せつな》の悦楽だけに人生の価値を見出そうとする、いかにも乱世の無名詩人がうたいあげたような今様であった。

(存外いい声だ)

と、源四郎は腹大夫の意外な余技におどろいた。それに腹大夫はよほどこの今様が好きなのか、感情がふるえるばかりにこもっている。

思い醒ませば
夢候よ

と腹大夫がくりかえしたとき、かれは音をたてて倒れた。寝入った。

「私もうたったげようか」

と、くららがいった。

「聞えるぜ」

「だいじょうぶ。暁《あけ》のからすが啼くまであのひとは死人《しびと》よ」

「わかるのか」

「私にはね」

くららは源四郎の耳もとに唇をつけ、息を吹き入れるようにしてうたいはじめた。

なにしようぞ
くすんで
一期《いちご》は夢よ
ただ狂え

くすんでというのは、まじめくさって、という意味であろう。まじめくさって世を渡ったところで一生は夢よ、ただ狂え、というのである。これも都では流行しているらしい。

「さあ、狂わせてあげましょう、若君」

「若君？」

「かくしたって私の目はごまかせませんよ。都にのぼって将軍さまのお世嗣だと名乗り出るおつもりでしょう。どうせ都で狂うなら、今宵私と狂い候え」

「狂え」

と源四郎をそそのかせたくせに巫女——この苦参という奇妙な名の巫女は、容易にかれに身をゆだねようとはしない。

寝床のなかで源四郎はあせった。

「くらら、おれをなぶる気か」

「あわてることはないの」

と、年上の女のように（年齢はさだかでないが）源四郎をじらせるのである。

「もう夜なのよ。一度暮れた夜は二度と暮れることはないわ」

だからいそぐな、という。言いながら腕《かいな》を源四郎に巻きつけてくる。平然としているには源四郎は若すぎた。

「くらら。ひらけ」

「生娘《きむすめ》よ、わたしは」

と、裾をかたくしている。月光が枕もとまで射しこんできた。

「蛙の声がきこえる？」

と、くららは体を起こし、源四郎の唇に唇をかさねてきた。草の茎をしゃぶったようなそんな味がした。

「聞えるとも」

と源四郎が唇を濡らしつついった。事実、鼓膜がだるくなるほどに蛙の声がきこえるのだが、しかしほんのさっきまで蛙など一声も鳴いていなかったことに源四郎は気づかない。源四郎は幻聴のなかで蛙の声をきいている。

「抱いて」

と、くららはいった。蛙の声がきこえるならいいというのか。

抱くことがおわったころ、源四郎はこの女に離れがたいものを感じてしまっていた。

「あすも、抱きたい」

「伯父に叱られるわ」

「たれが、伯父だ」

「あなたの知っているひとよ。道で、会ったでしょう」

と、女は源四郎の小指の爪を嚙み、嚙みつついった。

「会った？」

「指阿弥陀仏」

「えっ」

と源四郎がおどろいたとき、蛙の声が急にやみ、あたりは静かになった。

「おい、蛙の声がきこえぬ」

「気のせいよ。ほら」

と、女は源四郎の耳もとでいった。女の息が、耳たぶのうぶ毛にこころよい。

「聞えたでしょう？」

なるほど、聞えはじめている。

「都にのぼって将軍におなりになりたいということ、その話をして」

「聞きたいのか」

「ええ。とても」

というから、源四郎はいい気持になってはなしはじめた。話しおわると女は、

「都では、たれに会うの」

ときいた。源四郎にはわからない。

「じゃ、私たちを味方にするのよ。味方にすればきっと将軍になれるわ」

「しなかったら」

「殺されるだけです。私たちに手むかって命がぶじだったひとはたれもない」

「考えてみる」

源四郎はすこしこわくなったらしい。耳のなかで騒然たる蛙の声が満ちている。

五

「あれが、京だ」

と、腹大夫が指さしたのは、鳥羽街道鳥羽村のはずれにおいてである。

北の天に東寺《とうじ》の塔がみえる。それとならんで実相寺のいらか、国分寺の森がみえた。

「あれが花の都ですか」

「花かどうかは知らぬ。いま都が、花が咲きあふれているとみるのはまちがいだろう」

「花があっても仇花《あだばな》、狂い咲きの花よ。わが世とばかりに仇咲きに咲いているのは土倉とそれを打ちこわそうとする土一揆《つちいっき》の大将、その騒ぎにうまい汁を吸おうとする印地の大将、それにもっとも大輪のくるい咲きは将軍御台所日野富子さ」

「どのように」

「それ」

「なにがそれだ」

「その御台所さまの富子御料人《ごりょうにん》に会えというのです」

「たれがそういった」

「歩き巫女のくららですよ」

「あの女がなぜ」

「それは」

と、源四郎はあの紀州湯川ノ里でのくららとの一夜を白状した。

「ちっ、こいつ」

と腹大夫は、ひとりでうまい汁を吸った源四郎にはらをたて、本気で怒りだした。

「うぬア、間違っている。こうして浮世の塵《ちり》として都に流れこむ以上、塵は塵同士で苦楽を倶《とも》にし、一方が他人に殺されかければ、一方が命かまわずに救うという性根がなければどうにもならぬ。それが塵の道というものだ」

「私は塵じゃありませんよ」

「将軍の御落胤といいたいのだろう。塵のなかにも一番のぺてん師だ」

「ぺてん師じゃない」

「ばかだなあ。おれはおぬしがぺてん師だから可愛く思い、ぺてん師だから尊敬していたのだが、おれにまで御落胤だといやがる」

「しかしそうだから仕方がないですよ」

「そうだろう。たしかにおぬしの母御が何代か前の将軍の旅寝の伽に出てたまたまおぬしを生んだというのだろう。それは信じよう。しかし証拠がない。証拠もないのに都へのこのこのぼって将軍の御世嗣に立てらるべく運動をしようというのがぺてんさ」

「なにをいうか」

「待った。ぺてん師だからおれはおぬしを尊敬しているのだぜ。おれは印地の大将になろうとおもって京にのぼってゆくが、途中おぬしを知り、将軍になろうとおもってのぼってゆくやつがいるのに驚いた。おれがこの世で人を尊敬したのはおぬしが最初だ。おれの夢をこわすな」

「まあいい」

源四郎は怒りをおさえながらいった。

「とにかく、さっきの件だ。あの歩き巫女は日野富子に会えといった」

「雲の上のひとだぜ」

「訪ねてゆけば会えるようになっているといった。あの女と指阿弥陀仏は一味だ」

「えっ、なぜ早くいわねえ」

腹大夫はそのへんにまたあの幻術師がいるような気がしてあわててまわりを見まわし、真青になった。

源四郎は、町のひとから教えられたとおり室町を北へのぼって大きな楠《くす》の樹《き》のある屋敷の門前に立った。

「これが、公卿日野勝光の屋敷か」

と、腹大夫が驚きの声をあげた。土塀のうつくしさ、門の屋根の檜皮《ひわだ》のすがすがしさは、よほど裕福であることをあらわしていた。家産が乏しくなると、屋根の葺《ふき》がわるくなっても捨てておかねばならず、築地《ついじ》がくずれても補修ができなくなるからである。

「さぞ、米蔵には米が満ちているだろう。什器蔵《じゅうきぐら》には珍宝があふれているだろう。銭蔵には床が沈むほどに銭が積みあげられているにちがいない。これはそういう家だ」

と、腹大夫は見立てた。この男はその志望する印地の大将よりも盗賊の頭目になるほうが才能に適っているらしく、家の外観を見ただけでどのぐらいの財産があるかわかるというのである。

「当節、公卿の相場は貧乏ときまっている。ましてこの日野家など」

と、腹大夫は杖のさきで指した。

「ご大層な公卿じゃない」

公卿にも階等がある。

最高は摂家で、近衛、鷹司、一条、二条、九条の五軒である。ついで清華《せいが》という。西園寺、三条、徳大寺、久我、広幡などがそうで、この清華の家なら太政大臣までのぼることができる。

三番目は羽林《うりん》という階等である。四番目は名家という階等であった。老いて大納言までやっとゆけるという低さである。

「日野家は、名家さ」

腹大夫の演説はつづく。

「当然、貧乏であるべき家だが、ところがそこはたねがある」

当代の日野勝光が「伝奏《てんそう》」という朝廷にあって幕府との取り次ぎをする役を何年もつとめている。これは貰いものが多い。

「裕福の理由はそれだけではない。将軍夫人の御実家《おさと》だということさ」

「おい、声が大きい」

「地声《じごえ》だ」

腹大夫はとんじゃくしなかった。

日野家は腹大夫がいうとおり、何代にもわたって室町将軍へ奥方を出している。現将軍義政の夫人富子もそうであった。

「日野家にとっては、これが大きい」

単に公卿でなく、口きき人として京洛《きょうらく》第一の人物が日野勝光であるというのである。公卿や地方の大名が将軍になにかしてもらおうと思うとき、日野勝光にたのめばよい。勝光は妹の富子を通じて若い将軍を口説かせて、くびをたてに振らせてしまう。

「そのつど入ってくる礼物《れいもつ》のばく大さ、おびただしさ、それがこの屋敷の樹や土まで光らせているのだ」

「おい」

と、小門から出てきた青侍が、こわごわ腹大夫に声をかけた。

「そこでなにを喋っている」

「御当家のご家来か」

「そうだ」

「されば取り次いでいただこう。これなるは源四郎さまと申し、熊野におわしませし将軍家ご落胤だ」

「いつの将軍の」

「六代義教さまだ」

と、すべてを腹大夫が代弁した。源四郎はぼんやりと屋根の上の雲をながめている。

結局、

「門内に入られよ」

ということになり、ふたりは案内され、西側のくぐり戸から邸内に入った。

「こりア、たいしたものだ」

と腹大夫は邸内の林泉、建物を見たとき驚きの声を放った。公卿風の寝殿造り《しんでんづく》ではなく、当世もっとも新奇といわれる数寄屋普請《すきやぶしん》なのである。

「いやさ、おどろいたな。いよいよこのお公卿さまは有徳人《うとくじん》（金持）ぞ」

かれらは中庭に通され、腹大夫は容赦もなく庭さきに土下座させられた。無官のかなしさである。

ところがおなじ無官であるのに源四郎だけは縁側にすわらされた。触れこみが将軍家御落胤というだけに、日野家でも粗略にできなかったのであろう。

やがてむこう廊下を渡る足音がきこえてきたとき、

「しいーっ」

と、青侍が歯のあいだから叱声《しっせい》を噴き出させた。「お渡りである、平伏せよ」という合図であった。

やむなく源四郎と腹大夫は平伏した。

「頭をあげい」

という声が、頭上から落ちてきた。源四郎がそっと顔をあげると、

「見るな、見るな、見るな」

と、背後の青侍が袖をひいた。貴人に視線をむけてはいけないというのが、礼法で

ある。視線だけでなく、貴人からたとえじきじきの下問があっても直答《じきとう》してはいけない。

　が、意外なことばが、中央、奥まったあたりから湧きあがった。

「いいのだ」

　水鶏《くいな》のように、かん高い声である。日野勝光らしい。

「みな、さがれ。わしはこの両人とゆるゆる話したい」

　と、日野勝光は家来をしりぞけ、やがてかれらが去ると、縁側にちかい、日射しの
あたっている場所まで身を乗り出してきた。

「麿《まろ》が、日野家の当主、勝光だ」

　と、口早やにいった。

（これが公卿か）

　源四郎はちょっとおどろいた。齢のころは三十すぎで、あごが張り、顔が平たく、
一見塵取りのような顔である。それが油びかりに光り、両眼が細くするどい。この野
卑さはどうであろう。

「将軍家のおとしだねであると申しているのはそのほうか」

「左様で」

と、源四郎は思わず声がかすれた。

「申しておく。おれは信ぜぬぞ」

「しかし」

「世の阿呆《あほう》に信じさせろ。しかしこの日野勝光は信ぜぬと申しているのだ」

「しかしそれがしの母が」

「そういう閑話《ひまばなし》は市の辻でやれ。しかしながら源四郎」

勝光は片膝を立て、それを抱いた。博奕《ばくち》でも打ちそうなかっこうである。

「荒れた世だ。世が荒れれば人の運命も荒れる。一寸《いっすん》さきはわからぬ。存外、将軍になれることがあるやも知れず、どうだ、この屋敷で遊んでおれ」

「遊んでおれとは？」

「食客にしてやる。物置きに寝わらでも敷いてごろごろ寝ておれ。果報がころがってくるかもしれぬわ」

花ノ御所

一

「あの馬鹿も、なにかの役に立つだろう」

というのが、公卿《くげ》日野勝光のひそかな思案であった。馬鹿とは、熊野から出てきた源四郎のことである。

日野勝光の思想にとって、この世で捨てねばならぬものは一つもない。かれは年少のころ、

「木屑《きくず》どの」

と、あだなされていた。御所に出仕しての帰り、牛車《ぎっしゃ》のなかから路上をながめている。道に木屑がおちていれば、

「あれをひろえ」

と、牛をひく童《わらべ》に命ずるのである。牛童やお供衆がはずかしがったが、勝光は容赦をしない。

「なぜひろわぬのだ。人があざけるならばあざけるにまかせよ。木屑一つの利には代えられぬ」

一事が万事、そういうことが勝光の生活になっている。とにかく欲得の心のつよさ、貨殖への情熱、利のためならわが母でも質におくという功利心の横溢しきった時代だが、それにしても勝光は異常であろう。

「武家のように強欲だ」

と勝光はひとにいわれているが、とにかくこの男は公卿ばなれしていた。木屑だけでなく、折れ釘、焼け刀、熔けた銅《あかがね》、布くず、いっさいをあつめさせて屋敷の蔵に入れている。

「なにか、役立つのだ。一片の木屑でも一椀の湯をわかすことができるし、折れ釘はのばせば屋敷の繕《つくろ》いにつかえる。人間もおなじだ」

人間もおなじだ、ということがこの男のおもしろさであろう。

これほどに物に吝《しわ》そうな男でありながら、食客をあつめることがすきで、屋敷のなかに大きな一棟《ひとむね》を建て、拾いあつめた食客をそこでごろごろさせている。

そういう食客のひとりに指阿弥陀仏《ゆびあみだぶつ》もいた。いつのほどからか日野家に居ついた男で、勝光もこの老人だけは気味がわるいのだが、かといって追いだす気にもなれない。

その理由のひとつは、指阿弥陀仏は妖怪を使うといううわさがあったからである。うかつに追いだして恨みを持たせばどういう仕返しをしてくるか、わかったものではない。

それに、役にも立った。

「世間に、おもしろい話はないか」

と勝光がきくと、指阿弥陀仏は言下に一つ二つの話をする。どれもこれも勝光にとって利になる話で、この点勝光はこの老人が自分の心を透視しているのではないかとおどろくほどであった。それに老人は、

「殿のいまひとつの御心がわたくしでござりまするよ」

と、毎度、そんなことをいう。人間には魂が二つあるというのが日本古来の信仰だが、その一つの魂がこの指阿弥陀仏である、と当人がいうのである。

「麿が、おまえか」

「左様、殿とわたくしとは一つ人間でございます。殿の魂が私になって世間を駈けあ

るいております。そのこと、ゆめお忘れあるな」

というのである。

指阿弥陀仏が熊野路から源四郎をひろってきたのもそれであった。

「きっと、ふしぎなお役に立ちます」

と、この妖怪のような老人はいった。

旧暦四月は、もう初夏である。この一日、衣更《ころもが》えをしなければならない。その前日は都は、貴族といわず、神職といわず、僧といわず、庶民といわず、

——あすからは夏ぞ。

という気分が満ち、衣更えの支度で巷《ちまた》も屋敷も御所もあわただしい。御所などは、帳《とばり》がすずやかな生絹《すずし》にかわる。公卿百官の服装がかわるとともに女官たちの衣装がいっせいに肌のにおうような軽《かろ》やかなものにかわってしまうのはみごとであった。それに御所では畳までこの日に更える。

公卿でも裕福な家は畳（といっても屋敷はほとんど板敷だが）を更える。公卿日野勝光の屋敷は数寄屋普請だから、畳が多い。なにぶん畳というものがひどくぜいたくなころであり、この屋敷が全館畳敷きである、という点だけでも都では評判だった。

この、あすは衣更えという日、この屋敷を実家とする将軍御台所《みだいどころ》富子が突如帰ってきた。

「なんです」

と、兄の勝光はまゆをひそめた。

「きょうのような日に、突如」

「里帰りですよ」

と、日野富子はいった。微笑もしない。

（美しい）

と、兄の勝光でさえときに見惚《みと》れるほどの美貌であった。眼に青い靄気《あいき》がかかっている。日射しや灯をうけるとその微細な水蒸気がきらきらとかがやき、この容貌をいよいよこの世のものではないものにしてしまう。

（どうしてこの女が、おれの妹にうまれてしまったのか）

日野勝光にすればそれがなによりもの恨みであった。妹でなければどのような手をつくしてもこの女を自分のものにしたであろう。

「里帰りとはおどろく」

そういう家の妻ではない。市の物売り女ならいざ知らず、青侍の妻でも時ならぬ日に実家に帰るなどはない。仏事などをのぞいては女がさとにもどるというのは一月十五日の女正月の日ぐらいのものであった。しかしこの富子は将軍家の御台所でありながら月に何度か、この日野家に帰ってくる。

「きょうは、なにを思い立たれたのです」

「あすは衣更えですからね」

「だから?」

「帰ったのです」

「なぜ」

「あのあわただしさがきらい」

将軍の館《やかた》は、室町にある。京では、

――花ノ御所
とよぶ。邸内にさまざまの花が植えられているためにそういう呼び名になった。御所とはかならずしも天子の御住まいを指さず、一般に高級貴族の館のことをいう。

富子のいうには、衣更えの前日は御所じゅうの人々が雑仕女《ぞうしめ》にいたるまであわただしく駈け、喚《おめ》き、物音がかしましく、その騒がしさにたえられないという。

「しかしあなたは」

と、勝光はいった。御台所ではないか。なにも直接《じか》な仕事はないとはいいながら、武家の奥むきの総指揮という意味で衣更えの日には多忙なはずであった。

「私はそれがきらい」

と富子はいった。これにかぎらず、人の世の規準や規律というものを平気で無視できるたちの女なのである。


「いやさ、話があるのだ」

と、日野勝光が妹にいった。

「どのような？」

と、富子は、ちょっと軽蔑したような微笑をうかべた。どうせ兄の話というのは、彼女の口を通して将軍からなにかの利権をひき出そうというようなことであろう。

「富子、なんという顔をする」

「顔はうまれつきでございますよ」

「おどろくな」

「そのお話に、でございますか」

「そうだ、現れやがったのさ」

「なにが」

「六代義教《よしのり》将軍のご落胤というのがあらわれたのだ」

「待って」

富子はおどろいた。

「それはまことですか」

富子のおどろいたのもむりはない。

彼女の夫現将軍義政には男の児がない。側室たちが生んだ子はいるがみな女児であった。富子も一度出産した。しかしうまれたのは女児で、それもほどなく死んだ。ただし憂える義政はまだ二十代のなかばで、いまから後継者のないことを心配する必要はない。

が、人はよく死ぬ。この時代の人の死亡率は高く、天子や将軍もその例外ではない。このため、その急死にそなえてつねに後継者を指名しておく必要があり、その意味からいえば日野勝光がいう「六代将軍の落胤」の出現というのは容易ならぬことであった。

「それはどこにいるのです」

「この屋敷だ」

「またご食客ですか」

「そう。裏の一棟で毎日ごろごろしている」

「それは、殺して頂きましょう」

と、日野富子はいった。こまる。

彼女にとっては不都合であった。まだ二十をすぎたばかりで今後何人もの男児を出産したいと思っているのに、この時期に将軍の後継者たる資格をもった者があらわれてくれてはこまるのである。

「殺すのか」

ぴしゃっ、と勝光は首筋の蚊をたたきころした。

「富子は酷《むご》いな」

「武家の女房ですからね」

「しかし代々公卿の血をひいているのだ。なぜそのように殺伐なのだ」

「存じませぬ」

「血といえば義政どのは足利家の血をひきながらあのように公卿じみている。逆に富子のほうがまるで鬼女房だな」

「わたくしが将軍で、義政どののほうが公卿の姫にでもうまれていたほうがよかったでありましょうね」

「富子はゆくゆく、なにをしたい」

「日本国をこの手ににぎりたい」

「女だぞ」

「女でも」

と、富子は、気《け》だるそうにいった。

「ところで、さっきの男、源四郎と申しましたか。一度、会ってみたい」

「会ってどうするのだ」

「料理の仕方を考えます」


中庭の橘の枝に花がほころびはじめている。その下に水がある。禅家好みの池で、水は動かず、午後の陽ざしをたたえている。

日野富子は、その庭に面した座敷で源四郎のあらわれるのを待った。

むこうの廊下に足音がした。しだいに近づいてきて、縁側に入り、そこにすわった。縁側にすわらせて対面するなどは、諸大夫の待遇である。

「源四郎でござりまする」

と、源四郎がみずから名乗った。

「面《おもて》をあげよ」

と、富子がいうと、源四郎はべつにおそれるところもなく顔をあげた。

（ほう）

と、富子は内心声をあげたのは、源四郎の顔の品よさであった。なるほどこの顔ならば将軍の落胤といっても人は信じそうだ。

「そちはどこのうまれか」

「はい。熊野路の」

と、源四郎はうまれた山の所在をいった。

「母は？」

「なくなりましてござりまする」

「どこの娘ぞ」

「熊野本宮の巫女でござりました」

「家の名は」

「存じませぬ」

事実、知らない。源四郎の想像するところ熊野の本宮につかえる禰宜《ねぎ》あたりが土地のキコリの娘をもてあそんで生ませた娘ではなかったか。

「すると、氏も素姓《すじよう》もない者の娘か」

「まずはそのような」

「ことか」

「はい」

源四郎はうなずいた。富子はちょっと膝をうごかして、

「ところでそちは六代将軍義教さまのご落胤と申しておるそうな」

「いいえ、それがしが申しておりまするのではなく、母がそのように申しておりました」

「母が、義教さまの熊野詣でのときに伽をし奉ったというのか」

「左様でありまするそうで」

「なるほど六代さまはそちがうまれるころに熊野へ二三度詣でておられる。しかしながらそちはいま母のことを氏素姓もなき者の娘というたな」

「いかにも」

「古来、将軍や公家《こうけ》が熊野へ詣でる。道すがらのなぐさみに土地の娘に伽をさせる。しかしながらすべて土地土地の長者の娘であり、氏素姓もない巫女ふぜいが征夷大将

軍ともあろう貴人の枕席《ちんせき》にはべったような例は古来ない。ありえぬことです」

「しかし」

「そちの母者が、なんぞかんちがいをしたのであろう。それともだまされたか。将軍お供の徒侍《かちざむらい》が、巫女にたわむれ、閨《ねや》のむつごとに、われは将軍なるぞ、微行《しの》うできた、などと冗談を申したのであろう」

「しかしながら」

「源四郎、不埒《ふらち》は言うまいぞ」

富子は、静かにいった。

「私は信ぜぬ。もはやこれ以上申すな。申せば殺す。しかしおとなしくしておるかぎり、ゆくゆくは当家の当主にも頼み、養子《やしないご》にでもしてしかるべき小名《しょうみょう》の名跡《みょうせき》でも継がせるべくわたくしが骨を折ってさしあげよう。よいか」

――よいか。

といわれても、どう返事していいかわからない。

二

　その夕《ゆうべ》、源四郎は臥屋《ふせや》にかえるべく邸内を歩いていると、不意に、

「源四郎」

という声が湧いた。ふりむくと南天の葉がしげっている。石がある。その石に腰をおろしているのが、なんと指阿弥陀仏であった。相変らずぼろぎれをまとい、これ以上むさくるしい姿はあるまいという姿で杖を抱いている。

「富子に会ったか」

「…………」

　将軍御台所をよびすてである。

　源四郎は声をのんだ。やっと口をひらいた。

「あなたはこの屋敷にいるのですか」

「いるさ」

　うっすらと笑った。

「この屋敷の使用人ですか」

「おれを使える者なんざ、どの世界にいる。たかが安公卿の日野勝光が主人づらをしてこの指阿弥陀仏を使えるかよ」

「では、あなたは」

「おれはおれさ。ただこの屋敷に寝ぐらを借りている。屋敷神のように棲みついているだけのことだ。勝光にとって貧乏神なのか福の神なのか、それは知らないがね」

指阿弥陀仏はあごをあげ、口を閉じた。そのあごが、ふたたびひらいた。

「将軍になりたいかね」

「なれれば、と思っています」

「欲を出せ」

「出すと、なれるのですか」

「おれが、ならせてやってもいい」

「あなたが」

源四郎は、笑った。無理だろう。このうすぎたない幻術使《めくらまし》いふぜいに力があるはずがない。

「私は、神仏の力を信じません」

と、源四郎はいった。巫女だった亡母もいっていた。神仏は人間にどういう力もない、と。神仏に力があれば病者は癒り、死者は甦《よみがえ》り、富を得たいとおもう者は富を得、権力を得たいとおもう者は権力を得るはずだが、古来そういう力を神が発揮したことがない。神仏はただ人間生活の装飾物であり、それ以上の力はないのだ、それだから神仏は尊いのだ、ということを母はいった。

「なるほどおもしろいことをいう。そのとおりだ。しかしわしは神仏ではない」

「あなたは、何者です」

「知りたければわしの寝ぐらにつれて行ってやろう」

と、指阿弥陀仏は立ちあがり、砂利をふんで歩きだした。足音がない。

樹間を通りぬけてやがて屋敷のうしとらのすみにある鬼門よけの祠《ほこら》の前に立った。辻堂ほどもある観音とびらのお堂である。日野家としては最初ここに鬼門の魔よけのために堂祠《どうし》をたてたのだろうが、いつのほどか指阿弥陀仏がすみついてしまったのであろう。

「これが、おれの住まいだ」

指阿弥陀仏が杖をあげると、扉が自然とひらいた。いや、そのようにみえた。

(だまされないぞ)

と、源四郎はそばの山椒《さんしょう》の若葉をちぎり、口にふくんだ。舌にひびくこの刺激が、なんとか自分を覚醒させつづけてくれるであろうとおもった。

「入られよ」

指阿弥陀仏は、縁の上から手まねきし、みずから入った。

(なにをされるか)

という危険を感じ、源四郎は、階《きざはし》の下にいてしばらくなかをうかがったが、扉の内部《なか》はくらい。やがてその暗さがやんだ。

あかるくなった。指阿弥陀仏が、灯心に火を点じたのであろう。

「こわいのか」

という声が、堂内から洩れた。源四郎は恥じ、そろりと階をのぼり、縁に立ち、やがて堂に入った。

なんと、堂内には畳が敷かれている。そのぜいたくさはさることながら、藺《い》のかおりのすずやかさはなんともいえない。

中央奥まったあたりに白木の祭壇があり、鏡がまつられている。灯明、榊《さかき》、酒器など、なにごともない簡素さである。

指阿弥陀仏は、左手にまわっていた。それにむかいあう右手には衝立《ついたて》がおかれている。衝立には山水の絵がかかれていた。

「瓜でも食え」

と、指阿弥陀仏はまくわ瓜を一つ、源四郎のひざへ投げた。

「甘瓜ですか」

「ちがう。まくわ瓜だ」

と、指阿弥陀仏はいった。これもめずらしいものであった。美濃の真桑村に産する瓜で京ではまだ栽培されていない。この瓜が京の郊外の桂で栽培されるようになるのは、これよりも半世紀ばかりのちである。

源四郎はその瓜を両手につかみ、力をこめ、
戛《かっ》
と、二つにした。さすがに指阿弥陀仏もおどろいたらしく、

「馬鹿力をもっている」

と、ひどく好意にみちた声音《こわね》でいった。

源四郎は食った。

指阿弥陀仏は、だまっている。幻術者は地の底のような沈黙をするというが、なるほど指阿弥陀仏がだまると、万物が静止したようにあたりの物音が絶え、あまりの静

かさに源四郎の耳がおかしくなり、わが耳が耳鳴りをはじめたようであった。

（だめだ）

とおもった。この耳鳴りが幻聴になり、幻術がそれを支配するという。源四郎はたまりかねてものを言った。

「あの絵は」

と、背後の衝立を指さした。

「唐渡《からわた》りものでござるか」

わが声が堂内に満ち、耳がいたくなるほどであった。

源四郎は、衝立の絵を見た。湖水の図である。遠山が霞み、水がびょうぼうと天地に満ち、一艘の小舟がうかんでいる。小舟を、漁夫がひとりであやつっていた。

「あの漁夫は？」

「あれが、わしさ」

と、指阿弥陀仏がいうと、その小舟がゆらゆらとこちらへ近づいてくるのである。それとともに湖水そのものが近づいてきて、櫓の音、櫓で水がはねる音がきこえ、水はいよいよ満ち、あっというまに源四郎は画中の人間になってしまった。

湖のなかにいる。

水が、すねをひたした。あわてて源四郎は袴をたくしあげると、さらに水がふえ、満ち、腹をひたし、源四郎は衣服を胸まであげざるをえなくなった。

やがて足の裏が浮いた。源四郎は泳ごうとあがいたが、藻が足にからみ、うまく泳げない。

「舟。指阿弥陀仏、舟を」

と、源四郎はさけんだ。櫓の音が大きくきこえて、舟が目の前にせまってきた。

「早く」

「源四郎、物語りをしよう」

と、指阿弥陀仏は櫓をこぎながらいった。

「じょ、冗談ではない」

「わかったか、おれがどういう者であるかということが」

「わ、わからぬ」

「解《わか》れ、わかってしまえ。わからねばおまえは溺れ死ぬだけだ」

「なにをわかればよいのだ」

「わしの力を、だ」

指阿弥陀仏は、ふなばたから顔をつきだし、歯のない口で笑った。人のいい顔である。

「力なら」

わかっている。すでに熊野路であれほどひどい目に遭わされているから、わかりすぎているほどではないか。

「とっくにわかっているのだ」

「それがいかん。おれのような神の、いや神以上の者の力がわかれば信じねばならぬ。信ずるということはおれを崇《あが》め、随い、いっさいをささげることだ。それがおれのような」

と、指阿弥陀仏はいう。「おれのような」とはおれのような超自然力に対しては身も心も捧げねば「わかる」ということにならぬということであった。

「そのようにせよ」

「どうすればいいのだ」

「将軍になりたいか」

と、ふなばたから、水面の源四郎の顔をちかぢかとのぞきこんだ。

「なれれば、なりたい」

「遠慮をするな。おれを崇め、おれを信じるかぎりなれるのだ。おれがならせてやる。どうだ」

「親切だな」

源四郎は、必死であがきつつ、それでも弱音を吐かない。こういう妖怪――もしくは妖怪まがいの相手に対しては弱音を吐いたときに尻子玉まで吸われてしまうことを、熊野にいたとき、母の巫女や山にすむ真言行者や山伏どもからさんざんにきかされた。

「う、うぬは何だ」

「道士だ」

と、指阿弥陀仏がいった。道士とは唐渡りの言葉で、仙人というほどの意味とおもえばよい。源四郎はすかさずいった。

「道士ならば、欲を去れ」

源四郎のみるところ、指阿弥陀仏の脅迫《おどし》と親切とは、欲心あってのことだろう。源四郎を将軍にして、自分がうまい汁を吸おうということではないか。

「ちがう」

と、指めは、哄笑した。湖水の天地をふるわすほどに笑ってから、

「道士に世俗の欲はない。世俗の欲をおこせばたちどころに身の道力をうしなう。わしはな、ただ自分の道力を試したいがために汝《われ》を将軍にしたいだけのことだ。それだけだ。わしはこの世のたれの味方でもなく敵でもない」

「なりたい」

と、源四郎は叫んだ。そうすれば何はともかく、この溺れのくるしみからこの老人は自分をすくってくれるだろう。


「ああ、いい声だ」

と、舟の上の指阿弥陀仏は櫓をとめた。いま叫んだ源四郎の声が、素直な音色《ねいろ》だという。心から指阿弥陀仏に救いをもとめた声だという。

「よし、救うてやる」

「あ、ありがたい」

「その声」

指阿弥陀仏はふなばたをたたき、いよいよ満足した。真に救われたいという叫びをあげねば「いかにおれの通力でも救えぬのだ」と指阿弥陀仏はいう。

そんなものだろうか。

「いま、革袋を投げてやろう」

革袋に空気を入れたものを、指阿弥陀仏は二つ投げた。

ばしゃっ
と水面に落ちた。源四郎はそれにむかって水を掻き、袋をかきよせた。

とたんに水が消え、源四郎は畳の上に腹這いになっている自分を発見した。両手に革袋をつかんでいる。

と、見たのは、

(ちがう)

と気づき、源四郎はあわてて起きあがった。手につかんでいるのは、先刻かれが二つに割ったまくわ瓜であった。

「早く、食うことだ」

指阿弥陀仏は、先刻とおなじ姿でそこにすわっていた。

(こいつ)

源四郎は恐怖とも怒りともつかぬ激情に支配され、眼前の指阿弥陀仏を殺す以外に自分を救いだす方法がないように思った。

そのときはもう、剣に手をかけている。剣の重みが頭上に感じられたときは、ふりかぶっていたのだろう。夢中だった。

——うっ。

気合をこめ、腰を沈めた。太刀が空を斫《き》って落ち、指阿弥陀仏の首がはね飛んだ。どさっと祭壇をゆるがし、首はその上に落ちた。源四郎はあわてて堂をとびだし、階《きざはし》から飛び降り、ふりかえり、真っ青な顔で堂を見た。が、なにごともなく堂のまわりで鳥が囀《さえず》っている。

(殺した)

ということが、源四郎を後悔させない。妖怪は殺さるべきである。

源四郎は茂《しげみ》を分け入り、池のほとりにまで降り、太刀を洗った。

「なにをしている」

と、背後で声がした。おどろいてふりむくと、腹大夫《はらだいふ》だった。かれはいまは東寺のあたりに住み、そのあたりの印地《いんじ》どもを斬り従えて頭目にのしあがりつつあった。

「血ではないか」

腹大夫はおどろきの声をあげた。源四郎はうなずき、いままでのいきさつを話した。

「よくぞ殺した」

腹大夫も、指阿弥陀仏のような妖怪化した人間を生かしておくべきでないという考えをもっていた。源四郎をほめた。

が、その腹大夫がにわかに挙動が変った。源四郎のえりがみをつかむなり、ずるずると上へひきあげた。

「源四郎、逃げろ」

と、腹大夫はいった。源四郎が怒り声をあげて腹大夫にわけを問うと、この肥満漢は無言で池のむこうを指さした。

池畔の松林を散歩している人物がいる。指阿弥陀仏であった。

これほどの事件だが、源四郎はそれを現実に体験したくせに、翌日になると、

――妙な夢をみた。

という程度にしか、心に残っていない。もともと心の鈍感な若者なのか、それとも妖術、幻術、もしくは妖怪の仕業といった摩訶不思議《まかふしぎ》というものが結局はそうしたものなのか、とにかくわれながら奇妙なほどに後味がさばさばしている。

午後になって、日野勝光によばれた。あいかわらず縁の板敷に座をあたえられるという厚遇ぶりである。

「ああ、待ったか」

勝光は上機嫌で座敷にすわった。黄っぽい盤台面《ばんだいづら》が微笑でゆれている。

「毎日、なにをしている」

「遊んでおります」

「ぶらぶらとか」

「まあ、ぶらぶらでもございませぬ。お庭の掃き仕事ぐらいは手伝っておりますが」

「退屈だろう」

と、日野勝光は本題に入るつもりか微笑を消した。

「退屈はよくない。人間、退屈もせずにぶらぶらしていると牛になってしまう」

「これはお戯談《ざれごと》を」

「ざれごとではない。当家に牛が三頭いるが、あれはみな退屈しきった食客のなれのはてだ」

「本当でございますか」

「どうかは知らぬ。去年の重陽《ちょうよう》の節句の日、あの指阿弥陀仏めが、わしのために牛を三頭つれてきた。献上するという。どうしたのだときくと、これはきのうまで居た食客だという」

善丸《よしまる》、兼保《かねやす》、石州という三人の食客があまりに退屈し、退屈のあまり指阿弥陀仏に悪ふざけをしたらしい。指阿弥陀仏が、「そんなに退屈なら仕事をくれてやる」といって牛にしてしまったのだという。

「いやなお話でございますな」

源四郎は、まゆをひそめた。将軍になるために京へのぼってきたというのに、いきなり牛にされてはかなわない。

「牛は」

「そうだろう。それはさておき、仕事をするか。その気があるか」

「仕事によりましては」

「考えがまちがっている」

と、勝光はいった。

「選り好みはゆるさない。わが家の食客といえば家来も同然。牛になるのがいやなら、わが申すことをせよ。しかもこれをすれば、あるいはゆくゆくそのほうに将軍の座がまわってくるかもしれぬ」

「つかまつりましょう。して、その仕事と申しまするのは」

「ある女を、どこかへ連れてゆけ」

「殺すのでございますか」

「めったなことをいうな」

と、勝光は顔色を変えた。剛胆のようにみえてこの公卿もやはり公卿らしいところがあるのは、人を殺すことがきらいらしい。

怨霊《おんりょう》のたたりをおそれるのである。公卿はすべてそうで、公卿が政治をとっていた王朝の全盛期には死刑もなかった。人がやたらと殺されるようになったのは保元・平治の乱や源平争乱以降のことである。人間が人間を虐殺するようになったのは武家が権力をにぎってからである。

三

(どうしよう)

と、源四郎は都大路をあるいている。南へゆく。東寺をめざした。めざしている前方の天に、東寺の塔がはりついていた。

(はて、どうすべきか)

源四郎は思いつづけた。公卿日野勝光が命じたしごとをうけるべきかどうか。それを腹大夫に相談すべく道をいそいでいる。

腹大夫はその後東寺のそばでばくち小屋をつくり、そこで、足軽、遊民、河原そだちのあぶれ者など、世にいう、

「悪党」

をあつめて印地の大将になっている。

東寺までくると、道をゆく者がことごとく兇相を帯びているといったほどにこのあたりは人気がわるい。

腹大夫の小屋は九条通のみなみの四ツ塚というところにあった。横に竹やぶがある。

「よう」

と、腹大夫はすぐ出てきてくれた。

「小屋は狭い。人もいる。そこでこの藪の中がおれの対面所さ」

と、腹大夫は源四郎の背をどやしつけるようにして孟宗藪の中にほうりこみ、酒まで支度してくれた。

「竹の落ち葉が、しとねだ」

どかっと腹大夫はすわり、すわったまま横の竹をすぱりと切り、即席の杯をつくっ

た。

「どうだ、印地の暮らしはよかろう」

「話がある」

と、源四郎は語りはじめた。

その話をなかばまできくと、

「なに、お今をどうとかせい、と日野勝光はいうのか」

と、腹大夫はいった。この男はさすが、稼業がらというか、京のうわさに通じていた。

「お今を知っているのか」

「京者なら、その名はたれでも知っていようよ。日本一の女権勢家だ」

足利将軍家には、

——三魔
というのが巣食っている。あだなをつけることのうまい京童はそういう。

今参りの局（通称お今）

大納言烏丸資任《からすますけとう》
有馬持家

の三人であった。将軍義政がまだ幼いころからかれらが義政の側近にあって義政の政治をほしいままにしてきた。諸国諸大名もなにか将軍にたのみたいことがあればこの三人を通さねばならず、自然、勢力が強大になった。

「三魔」

というのは、三人の名にそれぞれ「ま」がついているからであった。おいま、からすま、ありまである。

有馬持家は、のちの江戸時代の大名のあの有馬ではなく、足利大名の有力な一つである赤松家の分家である。温泉で有名な摂津の有馬郷に領地をもち、当主の持家は先代から将軍の側近になった。

烏丸資任は、義政の母のいとこで、これも義政の少年のころからのお気に入りだった。

が、義政もいまでは少年ではない。それに日野家から御台所をもらい、このため日野勝光の勢力が増大して右の二人の影はうすくなった。

残るは、お今である。

お今、は通称である。彼女のことを折り目ただしくいうばあいは、

「今参りの局」

という。義政の側室であった。しかしお今自身は、

「私はただのお局ではありませんよ」

と、並な側室といわれることをきらった。

なぜならば彼女は将軍義政が十歳のときから御殿にあがっている。役目は、

「お伽役」

であった。十歳の義政はすでに乳母の手から離れており、かといってまだ夫人を迎える齢ではない。そういう年齢の少年貴族の身辺の世話をする役目がお伽役であった。夜も、その寝所のふすまかげで寝る。

奇妙な役目というべきであろう。いつごろたれがはじめた制度なのかよくわからないが、とにかく少年の将軍に性のめざめを誘発するのが、その役目であった。

「そんなばかな役目があってたまるか」

と、源四郎はいった。

「ばかじゃねえ、大まじめな役目だよ」

腹大夫はいう。

将軍の（将軍だけでなく貴族はすべてそうだが）最大のつとめはつぎの代を継ぐ後

嗣をつくることであった。健康な庶民の感覚でおもえば貴族ほど不可思議な職業はないであろう。いわば生殖が職業なのである。

「たれでもできることだ、とおもうだろう。しかし、そうはいかない。人間というのはうまれ落ちる場所によって妙なことになるものだぜ」

と、腹大夫はいった。

足利将軍家は、過去にいくつものにがい例をもっている。少年をああいう環境でそだてると女色にふりむきもしなくなることが多いという。

少年の環境には同じ年齢の近習が多くつかえている。それぞれ幕臣の子弟からえらばれた少年たちで、武芸、学問、歌道、遊芸などを少年将軍（もしくはその後嗣）とともにやる。それら少年群は少年将軍の仲間ではなく、絶対服従の家来であるというところに問題がおこりやすかった。男色関係が生じたりするのである。

「なぜだ」

「そりゃあたりまえだ」

庶民の子なら、友達はなかまにすぎないが、少年将軍の近習たちは従順そのものである。そのなかで少年将軍が可愛いとおもう者が出てくるであろう。その心情が友情にならず猫可愛がりの愛情になってしまう。

その癖ができあがってしまうと、大人になっても婦人に興味を示さぬ者が多く、ついにあとつぎが得られなくなる。

「そうなると大変だというので、お今のような者がえらばれるのだ」

と、腹大夫がいった。お今は幕臣の家にうまれ、十九歳で将軍御所に奉公した。十歳の将軍のために最初の女性になることがその役目であった。

お今はそのことに専念した。たくみに少年将軍を手なずけ、婦人を厭わせぬようさまざまの物語りなどもし、いつのほどか義政にはなくてならぬ人物になった。

義政は十二、三のころからめだってお今との閨に惑溺した。義政は二一のとき日野富子を正室にむかえたがお今をなおも愛し、富子を迎えた翌年にお今に女子をうませている。

腹大夫は、将軍家の事情にくわしい。

「とにかく、お今御料人は女児を生み奉った。それがもし男児であれば大変なことになっている」

「なるほど」

源四郎にもわかる。男児なら将軍継承権をもつ。その「御生母」ということになればお今はいよいよ権勢をもち得たであろう。

ついでながらこの足利幕府というのは、それ以前の鎌倉幕府やそれ以後の徳川幕府とちがい、諸事ゆるみきった政体だが、その一例として将軍の後継者をさだめるのに基準がない。本来ならば正室が生んだ長男がつぐべきものだが、そのあたりがあいまいで、側室腹でも十分継承権をもつ。お今が男児をうめば妾腹ながらも義政の長男ということになり、腹大夫がいうように大変な価値がある。

「それが幸い女児さあ」

と腹大夫はいった。

「いいざまだとよろこんだのは、正室日野富子とその実家の兄日野勝光だよ。このふたりはお今の懐妊中は色がなかったのだ。慄えながらお今の腹をみていたところ、ありがたくも女児だよ」

「見てきたように言う」

「いやさ、辻のうわさだ。そこでだな」

日野富子である。

「あれだけの美貌でありながら、輿入《こしい》れ前後というのは痩せて顔色のわるい、色っぽさなどはこれっぽちもない、いわばゴボウのような姫御前だったよ」

「見たのか」

「いやさ、辻のうわさだ。わしはそのころ京へはのぼっておらぬ」

「それで」

「いまはみろ、まるで足の爪まで艶《なま》めいておとがいから果汁のしたたっているようなあの御料人ぶりだ。そこまで自分を仕立てるには、富子もたいした苦心をしたろう」

「苦心かね」

「女は自然と美人になるものではない。自分が自分を美人に仕立てるのだ。富子はお今の懐妊におどろき、一念発起し、義政将軍の気が自分に移るように手管《てくだ》のかぎりを尽した」

「すでに御台所ではないか」

「馬鹿だな、下々《しもじも》とはちがう。将軍の閨は一つだ。しかし将軍の閨によばれたがる女は十人はいる」

「側室か」

源四郎は、あきれた。義政は少年のころから馴染んだお今ばかりを閨によぶわけではなく、あの若さで他に側室が多くいるというのである。

「それが将軍のしごとだ」

「大変なしごとだな」

「おまえも将軍になればそうなるだろう」

「それで?」

「そう、日野富子がよ。他の側室と妍《けん》を競ってやっと閨によばれる夜が多くなった。それで懐妊したのよ」

富子の懐妊で、富子の背後勢力はよろこびでどよめいたが、残念にもうまれたのが女児だった。

「それも生後ほどなく死んだ。いや、死産だったともいう。それからがうわさが大変で、あれはお今がさる者に頼んで祈り殺したのだということだ」

「いつのうわさだ」

「いまよ。いま、京の辻々ではもっともやかましいうわさだ」

(おどろいた。すべてがおどろきだ)

と、源四郎はおもった。熊野の山中で夢想していた都とはこういうものだったのか。

「義政はだな」

と、腹大夫はいかにも印地の首領らしく、そのことばのきたなさは無類であった。将軍も御台所もよびすてである。

「お今にまだまだ気があるのだ。なにしろ少年のころ、最初になじまされた女のからだというものは忘れられぬ。ちょうど、うまれ在所の物の味が、物の味の基準になるようなものだ」

「では、将軍はいまなお?」

「左様、お今がいいらしい。しかしちかごろは富子もよくなっている」

「あ」

源四郎はおどろいて立ちあがった。陽が落ちはじめているのである。日野家までの夜道を帰るのはかなわない。

「まあよいではないか」

言いつつ腹大夫も尻をはらって立ちあがった。悪くひきとめて帰りに追剝ぎにでもあわれては可哀そうだとおもったのであろう。

「たれか二人ばかり、供につけてやろう」

ふたりは、小屋への道を歩きはじめた。源四郎は、

「まだききたいのだが、残念なことだ」

と、腹大夫の大きな背へいった。

「また来ればいい」

「最後に一つききたいのだが」

源四郎はいった。

「お今御料人と御正室はどちらが美しい」

「お今だよ」

「ほう。しかし御正室の富子御料人は容色ならぶなしというではないか」

「若僧なら、そりゃ富子だろう。みな富子にあこがれる。しかしおれのように物の味の酸《す》いあまいをなめた男には、どうしてもお今だな」

「いったい、見たのか」

「見たわさ」

「どのような場所で」

「牛車《ぎっしゃ》からおりるところや、清水《きよみず》の物詣《ものもうで》のときなどにちらりとみた。女を見るにはそれで十分よ」

「そうかなあ」

源四郎が、腹大夫の評価に服しかねていると、腹大夫が小屋に入るや、

「おい、みんな」

と、土間の手下どもにいった。

「うぬらは、どっちと思う。お今がよいか、富子がよいか」

（あきれた）

と、源四郎は息がとまる思いである。この国での最高の威権をもっているはずの将軍のふたりの室を、まるで西瓜でも選ぶような調子でいう。

手下も手下だった。

「どっちかと寝ろと言や、おらア、お今をとる。富子は犬にくれてやる」

と、蚕《かいこ》のようにぶよぶよした顔の若者がいった。源四郎は不愉快になった。

（こんな弱そうなやつまで、安辻君《やすつじぎみ》を漁《あさ》るような調子でいう）

乱世である。幕府幕府というが、足利家などいつまで保《も》つものかどうか、わかったものではないと思った。

やがて日が暮れた。

四

腹大夫は親切である。
夜道の帰りはあぶないというので、
雲州
丹州
というふたりの手下をつけてくれた。どちらも大して強そうな男ではなかったが、しかし鼻息だけはめっぽう荒かった。
「なあに、わしら二人がついてりゃ、鬼でも蛇《じゃ》でも尻をからげて逃げまさ」
雲州は弓を背負い、松明《たいまつ》をかかげた。丹州は銹《さ》びたなぎなたをかついでいる。肩に布子《ぬのこ》を着、腰から下はふんどし一つで、どこか地獄絵にある邏卒《らそつ》を連想させた。
「いまに印地が、京をとってしまいますぜ」
と、大変なことをいった。京には印地が五千もいるという。それが一つに団結すれば京都では最大の軍事勢力になる。むろん、将軍の直属武士よりはるかに数が多い。
「腹大夫さまは、そのご魂胆でさ。そのため三日に一度は印地合戦をなさっている」

印地合戦というのは、浮世のことばでいえば、やくざの喧嘩というものだろう。腹大夫は百以上にわかれている京のやくざを征服して一ツにまとめることを魂胆としているらしい。

(最後には、天下をとるつもりかな)

まさか、ともおもう。古来、反社会の無頼漢が天下をとった例は、本朝《ほんちょう》にはない。しかし唐土《もろこし》にはある。話にきくところでは漢の高祖劉邦《りゅうほう》は沛《はい》(江蘇省沛県)の不良少年だったという。

(もし腹大夫が天下をとればおれはこまる)

と、源四郎はおもった。

源四郎は夢想家だった。自分が将軍になったとき腹大夫と戦わねばならないのはこまる、と、本気でおもった。

八条坊門のあたりから、街路が急ににぎやかになった。

(どうしたのだろう。いままで猫いっぴきも歩いていなかったこの夜道が)

ふしぎである。印地ども奇妙におもったのか、

「なんの日かな、まるで夜祭りに出かけてゆくようなにぎわいだ」

といった。人がいそがしげに東へ北へ南へあるいてゆく。おかしなことにどの人も

夜目がきくのか、松明ももっていない。どの人の足もおなじ足音をたてている。コトコトと軽い、乾いた音である。

それに（これはもっともおどろくべきことだが）みな背がひくい。十歳そこその背丈《せたけ》の者ばかりである。

「雲州、このあたりはどこだ」

「朱雀《すざく》通の」

と、声をひそめた。つい目の前の大きな樗《おうち》の木の下にお堂がある。朱雀地蔵といわれている堂で、堂内には大きな石造の地蔵がおさめられており、付近の町民から崇敬されている。雲州は、「朱雀通の朱雀地蔵のあたりです」と言おうとして、「地蔵」という言葉を思わず呑んだのである。

「こいつら、みな地蔵じゃねえか」

と、慄えながら、丹州を見た。源四郎は雲州の松明をひったくり、前後左右をゆく小人のむれを明りに照らした。

地蔵であった。

石地蔵の群れがせわしげに歩いている。

小さな石地蔵どもはせかせかと歩いている。その数は何百という数ではあるまいか。

源四郎も二人の印地も、血の凍るような恐怖をおぼえ、足がすくみ、目も口もあきっぱなしになった。

「火を捨てるな」

と、源四郎はかろうじて雲州にいった。雲州は恐怖のあまり松明をとりおとしていた。

「ひろえ」

源四郎はいった。ばけものに対して人間が自衛する道具といえば火しかない。火はつねに人間の味方であろう。

「消すなよ」

消せば、天地は闇になる。闇になればばけものはいよいよ勢いを猛だけしくするにちがいない。消すなよ、消すなよ、と源四郎は泣き声をあげた。

(強くあらねばならぬ)

と思い、源四郎は下っ腹に力を入れた。横で、丹州が腰をぬかしていた。

「丹州、われは印地ではないか」

と、丹州の腰を蹴った。

「印地は神仏を怖れぬというのが、元来自慢ではないか」

元来、そのはずなのである。印地どもが武家とちがうのはその一事であった。武家は公家ほどではなくても、それでも神仏を怖れ、死霊生霊《しりょういきりょう》の祟りを怖れるが、印地はこの点乾ききっていた。平気で神社仏閣に放火するし、その宝物は盗むし、必要とあれば僧も神主も殺してしまう。その点で印地は、この浮世でたれよりも強いのである。

「いやいや、こわい。怖うござります」

「その薙刀で、地蔵を撃ってみろ」

と源四郎が声をはげましたとき、歩いている地蔵がいっせいにこちらをむいた。

「げっ」

と、雲州が逃げようとしたとき、前方でさらにおどろくべき者が出現した。

むこうの「朱雀地蔵」の堂のトビラのひらく音がきこえたのである。

ぎぎぎ
ぎいっ
とひらくや、巨大な地蔵が出てきた。背丈は一丈ほどもあるであろう。錫杖《しゃくじょう》をつき、ゆるゆると動き、やがてくるりとこちらのほうに向きを変えると、じっと源四郎たちをみた。

「化け地蔵だ」

と、雲州が叫んだ。源四郎があとできいたところによると、朱雀の地蔵は化けるという。おそらくなにかの悪霊《あくりよう》が憑き、地蔵の仏性が変質したのにちがいない、といわれていた。いま前方に出現しているのはそれであろう。そのあたりを歩いている小さな地蔵どもは、その眷属《けんぞく》にちがいない。

このとき大地蔵が笑ったのか、あくびをしたのか、真赤な唇《くち》をひらいた。

（あっ）

と源四郎は逃げかけたが、しかし踏みとどまった。これは戦うよりほかはない。このように立ちすくんでいては食われてしまうだけであろう。

「雲州、矢をつがえよ。丹州、薙刀をとれ」

というや、源四郎は腰の太刀を力まかせにひきぬいた。力なら余人に負けない。

雲州と丹州は突っ伏せて地を噛んでいた。源四郎はその尻を、ありったけの力をこめて蹴った。

「行けっ」

とどなると、両人はなにを勘ちがいしたのか、わっと駈けだした。逃げているつもりだろうが、大地蔵の方角にむかっていた。が、すぐ自分の錯覚に気づいたらしく、ひっかえそうとした。そのとき両人とも転倒した。

そのからだの上を、小地蔵の群れがぞろぞろ通りはじめたのである。むらがりつつ頭、胴、手足を間断なく踏み、踏んでは通りすぎてゆく。

――ああっ、ああっ

とふたりの印地は悲鳴をあげていたが、やがて声は小さくなり、ついには消えた。死んだのだろう。

源四郎は足を動かした。ゆっくりしか進めなかったが、それでも渾身の努力が要った。一あしごとに汗が流れた。やがて小一時間もかかったと思われるほどの心理的長さで、十数歩あるいた。

そこにはもう小地蔵の群れはおらず、雲州と丹州との死骸だけがうつぶせになって残されていた。

源四郎は落ちていた松明をかざしてそれを見た。なんというむごさであろう。骨という骨が丹念につぶされ、こなごなになっていた。骨がないために体が干いかのように薄くなっていた。臓腑も流れてしまい、流れた臓腑がそのあたり一面に踏みしだかれていた。もしこれを真昼にみれば半町ほどのあいだの地面は、血の足跡とぼろのようになった臓腑ですさまじい光景であるにちがいない。

「どうだ」

と、風が鳴った。人の声か。そのいずれかとも定かでない響きが頭上でした。頭の上に、大地蔵がいた。

かがんでいた。

踞《かが》んで、源四郎をながめていた。源四郎はきゃっと叫んだであろう。あとは意識がなかった。ここまでよく意識が保《も》ったものであり、その意味ではこの若者は適度の鈍感さと適度の勇気のある男ではあった。しかし、さすがにとぎれた。

倒れた。

が、この男の讃うべき鈍感さが、すぐ意識をもとにもどした。額をあげた。

両眼が、前方を見た。

闇である。東方を見た。そこには家並が東へつづいている。その街路を大地蔵が遠ざかってゆくのである。大地蔵の肩が、低い家並の屋根の上をこえており、山のように動いてゆく。

その盛りあがった肩のむこうに、黄金をまぶしたような満月がのぼっていた。

源四郎は、ふらふらと立ちあがった。それを追おうとした。足が、軽くなっていた。かるがると歩けた。歩けた、というよりも両足だけが車輪のようにまわって源四郎の胴を運んでゆく、といった実感だった。

大地蔵はゆらゆらとゆく。

(尾行《つ》けてやる)

といったほどの意識もなく、源四郎はそのあとをつけてゆく。一すじの糸にひかれてゆくようである。

五

あとで源四郎がこのときの自分の行動を思ったとき、身の皮のちぢむほどにぞっとしたが、しかしこのときはべつに恐怖は感じなかった。

(あとをつけてやる)

という単純な意思が、ごく単純にかれの行動をうごかしていた。妖怪の妖気のなかに漂うているときは人間はそうであろう。恐怖は覚えないのであろう。恐怖というのは覚醒したときにはじめて感ずるものであるらしい。

化け地蔵は、天に肩をそびやかしつつむこうをゆく。七条通を東へ。

そのあいだに堀川が流れている。ほんの七、八メートル幅の川であったが、化け地蔵はそれをゆらりとまたいだ。が、源四郎にはまたげない。この男は流れに足を入れ、腰までつかりながらむこう岸へわたった。そのあと、公卿屋敷や寺社、町家のそばを通ったが、ふしぎなことにたれひとり人間に会わない。京は墓場の穴のなかのようにしずかなのである。

鴨川の七条には、橋がかかっている。そのあと、さらに東へゆく。鳥辺野をすぎたり、瓦坂をのぼったり、大和大路を横切ったりしたが、やがて小松谷の坂にさしかかった。もうここのあたりは東山のふもとである。

ところが小松谷の坂にさしかかるころから前方の化け地蔵がめだって小さくなった。

(遠くへ行ったのか)

と、最初は錯覚し、源四郎は小走りに走って追いつこうとした。ところが追えば追うほど、化け地蔵は小さくなる。

ついにはすねの高さほどになった。

(なんだ)

と、源四郎はかがみこむようにして地蔵を見おろした。

地蔵は小さいながらも歩いている。

「うぬは」

と、源四郎はようやく話しかけるだけの自信が湧いてきた。

「うぬは、なぜ小さくなった」

「………」

地蔵はぎょろりと源四郎を見あげたが、すぐ黙殺し、歩行をつづけた。

「叩っ斬ってやろうか」

「それが人間のあさましさよ。さっき、おれの姿があれほど大きかったとき、うぬのざまときたらなかった。おれが小さくなるともうそのように威丈高になる」

地蔵はしゃべりながら歩くのだが、声まで小さくなる。

「おれが小さくなるのはな」

と、虫が鳴くほどの声でいった。

「やがてこの坂の上に着くからよ。この坂の上には尊貴な御方が住んでござる。その御威光でおれは小さくなってゆくのよ」

「尊貴な御方とは？」

「知らぬか。いまをときめく女人《によにん》の御里屋敷《おさと》がこの小松谷にあるのを」

「その女人とは？」

「将軍家のお部屋さまである今参りの局さまよ。おれの御主人だ」

と、地蔵は言いつついよいよ小さくなり、ついにはコブシほどになった。

やがて門前についた。着いたころには地蔵は指ほどになっており、それが停止したかとおもうと、ただの石ころになってしまった。源四郎はばかばかしくなり、足をあげて蹴った。小石はむこうへ飛び、溝川《どぶ》に落ちた。ただの小石にすぎなかった。

門は、いかにも女房の里屋敷らしい小さな冠木門《かぶき》である。

（あの化け地蔵が、この門前のただの小石であったとは）

と、源四郎はふしぎでならず、あらためて地面をみた。いくつも小石が落ちている。どれもこれも、どう仔細にみてもただの小石である。

青い石
黒みがかった石
人形《ひとがた》の石

亀の甲のような石

あとで考えるとまことに奇妙なことに、それらの小石の形状、色合いを、源四郎は真昼の視力でみることができた。しかしこのときはなんのふしぎも覚えていない。

そのなかで、妙なかたちの小石があった。婦人の秘所の姿《なり》をしていた。

（こんな石もある）

そう思って指をのばしてつまんだとき、変にやわらかくなり、指が濡れ、その不気味さに源四郎はあわてて手をひっこめた。その石のようなものはすべり落ちた。

しかし地面まで落ちぬさきに、その姿の物体はふわりと闇の空間にうかんだ。

（ひえっ）

と、おもわざるをえない。その物体はもはや婦人の秘所そのものに化《な》り了《おお》せており、空間にうかび、ちょうど月の暈《かさ》のようにまわりにぼっと光りが隈どられている。

「おまえは、なんだ」

と、源四郎はあわてて立ちあがり、太刀のつかをにぎった。が、その濡れた物体は唇をひらき、威厳にみちた言葉をほとばしらせた。

「無礼であろう。ひかえよ」

源四郎は、その威にうたれ、われをうしなってひざを折りくずした。

「し、しかし、お前さまは？」

「今である」

源四郎は、あっと思った。

「私は、今である。そなたを私の家来にすべくこの館へよびよせた。よう参った。よう来たわ。ただし頭《ず》が高い」

「まことにお今御料人で」

「そうよ」

「しかしお今さまならば人のかたちをしておいでありましょう。そのお姿でお今さまとは、どうにも」

「信ぜられぬか」

お今さまは、くすっと笑った。

彼女が——といっても物体だが——言うのに、これが自分の正体さ、という。あとの自分は仮りのものよ、という。その仮りのものというのは、この里屋敷の奥ふかくにいますわっているが、ただすわっているだけさ。あれはそれだけさ。

「すると、これがお今さままでござるか」

源四郎は、顔をあげてそれをまじまじとみた。なるほどこれなをもって天下の権を得た。というより、これをもって天下の権に巣食い、その威光によって富と権勢を得ている。とすれば、この眼前のお今こそ彼女の本質であろう。

「そなたは、富子の兄から頼まれて私をどうこうしにきた。かくさずともわかっている。されば話がある。奥へ来よ」

その物体は、門のほうへ浮游しはじめた。

その物体は、海中のくらげがゆるゆると泳ぐように闇のなかで漂ってゆく。ときどきその女陰が、

「早う、参れ」

などと口をきく。その口のききかたのなんと威厳のあることか。

(なんといっても、将軍の女陰《ほと》なのだ)

そのように源四郎はおもった。しかし威厳だけでは源四郎はふらふらとついてゆかなかったであろう。

そのにおいが四方《よも》に満ちている。容易に拡散しそうにない、濡れた、重いにおいが、闇のなかにつややかな航跡をひくようにして流れてゆく。源四郎はそのにおいのひもに繋《つな》がれたようにしてついてゆくのである。

「満口の清香、清浅の水」

と、この時代の禅僧である一休禅師は、その寵愛する婦人のために詠じた。源四郎の鼻腔の粘膜も、このにおいのそういう美しさに酔わされていたにちがいない。

玄関からあがって暗く長い回廊を通ったが、源四郎はすこしも足許にあぶなげを感じなかったのは、その物体の暈光《うんこう》のおかげであったであろう。

やがて、とある部屋の前でその光りが突如消えた。源四郎は迷った。

「なにをしている」

という声が、耳もとできこえた。

「早う、部屋に入りや」

といわれ、部屋に踏みこんだ。奥へ入ると、そこに三基の燭台がかがやいていた。その燭台のむこうの几帳《きちょう》のそばに、ひとりの貴婦人がすわっていることを源四郎は知った。侍女はそばにいない。

「私が、今である」

と、その婦人がいったとき、源四郎は突っ立ったままぼう然とした。脂肪が透きとおっていまにも融けそうな、そういうあぶなっかしげな物体が灯明《ほあか》りのなかに白々とすわっている。

（美しい）

とおもったのは、彼女の容貌をみたからではなかった。その印象そのものの、手にふれれば崩れそうな実感がそうおもわせたのであろう。源四郎は、すわった。いつでも変に応じられるようにと、左膝だけは突き、右膝は立てていた。これだけの警戒心ができたのは、源四郎はすでにこの部屋に入ったときから覚醒してしまった証拠であろう。

「あなたは妖怪《もののけ》か」

と、源四郎はまたきいた。返答の次第では容赦はせぬつもりであった。

「妖怪？　ちがう」

と、お今はいった。

「もののけどころか、この世でもっともかよわい者が私です」

「しかしながらいま門前で現出したあの女陰はあなたのものではないか」

「ほと？」

お今は小首をかしげた。

「どのようなものでしたか」

「ひとごとのような顔をするものではない。じつは、このようだ」

と、源四郎はたったいまの諸現象を説明した。

六

源四郎が意外におもったのは、いま眼前にすわっているお今が、世間の評判とはおよそちがうことであった。

かよわく、臆病そうで、とても世間でいう「三魔」のひとりといったような印象ではなかった。

「あなたは、まことにお今御料人におわしまするか」

と、源四郎は念を入れたくらいであった。

「そなたにいつわって、なんの得がある。私は今です」

「しかし、いぶかしい」

「なにが」

「なにもかも」

源四郎は訊きたい。化け地蔵のこと、門前の女陰のこと、みな知りたい。

「源四郎とやら。申しておきますが、私は面妖なところはすこしもありませんよ」

「しかし」

「霊異《りょうい》なことがあったというのでしょう。それは、想像はつく。私には想像だけはできる。それはおそらく、屋敷神のしわざでしょう」

「屋敷神とは」

「この里屋敷の鬼門にまつられている屋敷神のことです」

「神ですか」

「人かも知れません。よくわからない」

お今は正直に語った。

彼女の語るところでは、去年の春、お今が歯痛に苦しんでこの里屋敷にひきこもっていたとき、ひとりの肥満漢が訪ねてきた。山桑の杖をひき、唐絵《からえ》にある布袋《ほてい》のような唐衣《からぎぬ》をまとった男で、あるいは唐人なのか、ことばつきもどこかたどたどしい。

「歯痛をなおして進ぜよう」

というのである。お今は、この歯痛さえなおしてくれたらどのようなことでもする、と思っていたので、みずから応対に出た。

「あなたは、どなたですか」

とたずねると、名などはない、しかしひとは自分を、

「唐天子《とうてんし》とよんでいる」

と答えた。唐人ですか、ときくと、

「まあ、唐人といえば唐人だろう。しかし自分は人ではない」

と、怪しげなことをいった。人ではなく、植物である、というのである。大むかし、日本と中国を往復した遣唐使が、山桑の木の苗を中国からもってきて、宇治のさる山の奥へ植えた。そのほとんどが枯れたが、ただ一本だけが育ち、ひとに忘れられたまま山奥で樹齢をかさね、巨樹になり、次第に老いて神霊を帯びた。それが自分である、という。

「あなたには恩があるのさ」

唐天子のいうには、ある年の夏、この山桑をキコリがみつけ、伐《き》ろうとしたが、そのキコリの娘が、

「これほど老いている樹には、なにかが宿っているかもしれない」

といってとめたという。その娘がお今であるというのである。

「私はキコリの娘ではありませんよ」

とお今がいうと、唐天子はかぶりを振り、その娘のうまれかわりがあなただ、といってじっとお今の目をのぞきこむのである。

お今は、信じなかった。なんでもいいからこの歯痛をなんとかしてほしい、というと、唐天子は桑の枝を持ちあげた。それだけで歯痛はなおった。

「わしの要求はな」

と、肥った唐天子はいった。

「屋敷神にしてほしいことさ。いやなに、造作はない。屋敷のすみにでもホコラをたててわずかな供物と水をそなえてくれるだけで済むことだ」

お今は、当惑した。

「あなたは、神さまですか」

それすら、はっきりせぬ相手なのである。神さまなのか、妖怪なのか、それとも幻術使いの道士なのか、よくわからない。

「それとも、人間ですか」

「立ち昇る気のようなものだ。それを神とよびたければそれでもよく、それを妖怪《もののけ》とよびたければ、それでもよい」

「なぜ、あなたさまをお祀《まつ》りせねばならぬのでしょう」

と、かんじんなところをきいた。

「憑《つ》きたいからだ」

　それが、唐天子の理由のすべてである。神とか妖怪とかいうものは、ちょうど内臓にやどる寄生虫のように、人や屋敷や樹木や山などに取り憑き、それでもって暮らしている。憑くためには理由がなく、憑かねばならぬから憑くのだ、という。

「では、屋敷のすみでお祀りすればいいだけですね」

「功力《くりき》はある」

　唐天子はいった。

「あなたに、男児を生ませる。それをゆくゆく将軍にならせる」

（本当だろうか）

　とお今は疑わしかったが、しかしこの唐天子が本当に神か妖怪ならばそういう力をもっているだろうとおもい、ふとすがってみる気になった。そのあと、屋敷にホコラを建てたという。

「それで」

　と、源四郎はいった。

「私が出遭った怪異というのは、その唐天子とやらいう妖怪のしわざだというのですな」

「この夕、ねむけがしたのです」

お今は、この部屋にいて古い歌稿の整理をしていたのだが、不意にねむけがさし、まどろんだ。その夢寐《むび》のなかに唐天子があらわれ、

——日が暮れたあと、この部屋にて待て。侍姿の者がくる。

といった。さらに唐天子はいう。その者は源四郎といい、日野家の食客であり、日野勝光からそそのかされお今御料人をおとしめようとしている、などといったふうのことを、くわしく教えた。

そこまでお今がいったとき、源四郎はその言葉があまりによく的中しているため背筋が寒くなり、身のうちがふるえ、座に堪えられなくなった。

「どこへゆく」

お今が叫んだときは、源四郎は駈けだしていた。庭へとびおり、あとはどこをどう走ったか覚えがない。その足は日野家にむかわず、ふたたび東寺のそばの腹大夫のもとに走り、その小屋の戸をはげしくたたいた。

もはや腹大夫の智恵と力を借りるしかない。

七

腹大夫が、戸のすき間から顔を出し、それが源四郎であるとわかると、

「なにかあったのか」

と、なかへ入れてくれた。

土間には寝わらがいっぱい敷かれて、手下の悪党どもがねむっている。足の踏み場がなく、二つ三つ顔を踏ンづけた。踏まれても平気でねむっていた。

上へあがった。板敷の間は一間で、むろん畳は敷かれていない。寝具といえば、藺《い》で編んだ薄べりを二枚かぶって寝るだけのことであり、源四郎が熊野の山中にいたころの寝具よりもひどかった。腹大夫は、源四郎のためにあたらしい薄べりを貸してくれた。

「いや、起きている。今夜はねむれそうにない」

と、源四郎は蒼い顔で言い、この日、日没後に体験したすべての怪異を話した。話しているうちに次第にこわくなり、歯の根もあわなくなった。

「妙だな」

源四郎は、自分で自分を不審がるだけのゆとりはかろうじて残っていた。

「妙なことだ。その最中には、こういう怖れも慄えもなく、あたりまえの気持で物怪《もののけ》どもに接していたが、このように人心地がつくとおそろしくなってきた」

「酒でも飲むかね」

と、腹大夫は納戸の戸をあけて壺をかかえてきた。それをあけ、小さな竹のひしゃくで源四郎の茶碗に酒を汲んでやった。源四郎は、腹大夫のやさしさが、涙のこぼれるほどうれしかった。

「よくわかった。あんたを送らせて行った二人が朱雀地蔵《すざくじぞう》のそばで死んでいるということをきいたとき、何事がおこったのかと思っていたが、そういうことか」

「私は、気がくるいそうだ」

「都はそういうところだよ」

腹大夫は、茶碗の酒を、ほんのすこしだけなめた。酒は、酒というのは名ばかりで酢のようにすっぱい。

「源四郎、都は物怪の巣だ。それも、天子、将軍の御所といった雲の上の世界にのみ物怪は棲んでいる」

「ふるえが、まだとまらない」

源四郎の両掌の上の茶碗が、こまかくふるえていた。腹大夫は笑った。

「ばかだな」

「ばかだろうか。腹大夫は出遭ったことがないから、そのように冷笑するのだ」

「おれは生涯、出遭わぬよ」

「なぜだ」

「物怪どもはおれのような銭も身分もない印地をおどしたところで、一文のトクにもならぬことをよく知っているのさ」

「有徳人ばかりをねらうのか」

「権勢家もねらうのさ。そこでいえば、源四郎は有徳人や権勢家に縁があるという証拠だよ」

「ひやかしてもらってはこまる」

「あれは、人間だぜ」

「えっ」

「世の中に、神も仏もあるものかよ。ましてばけものがいるはずがない」

「待ってくれ」

源四郎は、あわてて腹大夫の言葉をさえぎった。

「世の中には、神も仏も妖怪変化もないというのか」

「あんたは、あると思っているのかね」

「あたり前ではないか」

と、源四郎はいった。ここに人間がおり、そこに樹があり、樹の上に月がかかっているといったふうの地上の風景とおなじように、目にみえぬ神仏や妖怪の世界は実在している、と源四郎は信じている。いや、信じているなどと大げさな思い入れをせずとも、現にそれは存在するではないか。

「私は熊野うまれだぜ」

熊野の大山塊はそのまま熊野権現の一大神域であり、そこにうまれた者はことごとく神の国にうまれた誇りをもっている。神が存在するかぎり悪神は存在し、かつ神仏になりきらぬ悪霊が存在する。当然である。

「腹大夫は、なにをいうのだ」

「源四郎、手を切ろう」

と、腹大夫はにわかに顔色を変え、茶碗を置き、居ずまいをただした。

「われわれはもう仲間ではない。神仏を信ずるやつとは、一緒に生きてゆくわけにはいかぬ」

「なぜだ」

源四郎は、当惑した。腹大夫がなにを怒っているのか、わからないのである。

「なぜもくそもない。しかしそれほどまわりくどい頭をもっているなら、言ってやろう」

腹大夫は息を吸いこみ、やがて大きく吐きだすとともに、

「おれは印地だぞ」

といった。

——それが理由のすべてだ。

と、腹大夫はいう。

印地は、室町政権のゆるみとともにあたらしくこの京で力を得た階級外の集団である。その配下は賭博者、浮浪の徒、傭われ足軽、寺の下男、神社の神人《じにん》、旅芸人、乞食などの連中がふくまれており、かれらの相互扶助の精神のつよさは病的なほどにつよい。たとえば足軽がいるとする。自分の主人が乞食を棒をもって打ったとする。その乞食が足軽とおなじ印地の結社に属していたばあい、足軽は乞食のために自分の主人を殺してしまうことすらある。いや、殺さねばならぬのが印地の掟であり、もうこ

の掟ひとつでも中世を数百年にわたってささえてきた「忠」という考えはあとかたもなく消えてしまったのである。印地には主人への忠という思想はなく、仲間への義理だけがある。

——わしらは印地なのだ。

という、腹大夫の高調子なことばは、そういう、いわば時代のなかに躍り出たあたらしい集団であるという誇らかな意識があるからであろう。

「その印地が、なぜ神無シ仏無シ妖怪《もののけ》無シということと関係《かかわり》があるのです」

「印地は、極楽にゆけぬからだ」

「とは？」

「印地のなかまには、殺生《せっしょう》が稼業の者もいる。殺生をすれば極楽にゆけぬとなれば、おれの仲間や手下どもはゆけぬ。それゆえそういうことを言う坊主どもも、金色にかざられた仏どもも、殺生を不浄として忌む神も、みな敵なのだ。この世にあってはならぬのだ」

（ほほう）

と、源四郎は目の玉が洗われるようなおもいで、腹大夫を見た。神仏妖怪に挑戦するなどは、なんという勇気に満ちた男であろう。

——英雄とは、こういう男のことを言うのではないか。

と、源四郎はおもった。

「しかし、怖かろうな」

源四郎はきいた。神罰仏罰のことである。神無シ仏無シと言っておれば、神仏が怒り、その罰によって口がまがり、腹が腐り、死後は地獄へゆくしかない。その点がこわくないのだろうか。

「神仏は無シ、無シ、といっても証拠のないことだ。居るかもしれないし、もし居ればあんたは地獄へ堕ちることになる。それでもこわくないのか」

「ばかめ」

腹大夫は、小気味よく笑った。

「死ねば進んで地獄にゆくほどの人間でなければ、この世の大事ができるか」

「腹大夫には、この世になすべき大事があるのか」

「もののたとえだ」

しかしながら、と腹大夫はいった。

「おらア、印地の大将になった。印地どもを糾合《きゅうごう》して天下を印地の天下にしたい」

この腹大夫の怪気焔を後世の歴史家がきけば驚倒するであろう。

この室町政治の頽廃期の一面を、後世の史家は、

――足軽の時代。

という。足軽が天下をとったということではなく（とりもしないが）、足軽の出現で象徴される無名の庶民の勃興期ということであろう。

鎌倉時代の武士は「家ノ子・郎党」というよびかたでもわかるように武士の主従はほとんど血液的なにおいのする結ばれかたで結ばれており、足利期（室町期）に入ってもそういう主従関係の伝統がうけつがれてきたが、ちかごろになって様相がかわった。戦争の仕方が騎馬戦ではなく、歩兵中心の集団戦法にかわり、大量にその徒歩兵が必要になってきた。必要だといっても、純朴で小心な農民はそういう足軽になれない。足軽はなんといっても人数をたのんで人間を殺す仕事を請負う者であり、結局はそれができる性格の者を、農村や町のあぶれ者のなかから求めねばならない。合戦はするが武士という氏素姓《うじすじよう》のある存在ではなく、無名の庶民である。それが殺しあいの場に出てくるのだが、かれらがこのしごとに魅力を感じていることは、戦争のないときは毎日ごろごろと遊べることと、戦争がおこれば寺院や神社をうちこわして金銀を盗みだしたり、富家から衣料を掠奪したりすることができることであった。

「大変なものが出現したものだ」

と公卿たちはなげいたが、しかし武門の者はこの足軽がなくてはいくさができないまでになってしまったのである。

足軽という呼称の傭兵は、ほとんどが印地の結社に入っており、自分の主人よりも印地の大将を大切にする。

「どうせ足軽など、地獄行きの仕事だ。その棟梁をわしがつとめる以上、一歩もしりぞいてはならぬのは、神仏はない、という一点なのだ。おれがあいつらに保障してやらねば、たれが保障してくれるか」

神もない。

仏もない。

「物怪もないのだ」

と、一歩も退かずにいう腹大夫は、それを怒号し主張することが、この男のこの世における壮大な義務であるかのようだった。すくなくともそれはどに血相が変っている。

「おぬしがみた唐天子という神、いやばけものは、あれは人間だぜ」

「いや、そうとは思われない」

「人間なのだ」

と、腹大夫は叫んだ。かわった男だった。

「人間であるかないか、おれがその妖怪の面の皮をひんめくってやろう」

と、そこに唐天子がいるがごとく昂奮しはじめた。剣をひきつけていた。

「源四郎、ゆこう」

「どこへ」

「小松谷なるお今の里屋敷へだ。唐天子はそこの屋敷神にまつられているというが、ふざけるのもいいかげんにしやがれ。叩っ斬ってその胃ノ腑は三条河原に、その肝ノ臓は蓮台野に、その心ノ臓は紫野に、その目玉は如意《によい》ケ岳《たけ》に、その首は印地の下っぱの肥壺《こえつぼ》にたたきこんでやる」

「聞いてはいないか」

源四郎は、あたりをみまわした。そのあたりに唐天子が立っていまいかと怖れたのである。が、別条はない。

「源四郎も、ついて来う」

「もう夜明けではないか。陽が昇れば人間の世の中だというではないか」

「明夜にしよう」

腹大夫は、いった。

その夜は、源四郎は腹大夫の小屋にとめてもらい、夜があけても日野家にもどらず、終日ごろごろしていた。

(本当に腹大夫はやる気か)

源四郎は、半信半疑だった。あの男は酔ったいきおいであのように気炎をあげていたが、神仏や物怪に挑戦できるような勇気はあるまい。

(あるとすれば、馬鹿だ)

と、源四郎はおもった。天子も将軍もかなわぬものが神仏や生霊《いきりょう》死霊《しりょう》の祟りであり、妖怪であり、それを怖れるというのが人間の可憐さなのである。神仏や霊異を怖れぬようになれば人間はどうなるのであろう。ことごとくの人間が悪のかぎりをつくし、強者は弱者を食《は》み、この地上で貞女はひとりもいなくなり、まじめに稼業にいそしむ男はいなくなり、みな互いに殺しあって他人の物をとろうとするであろう。それをせぬのは人間が地獄を怖れるからであり、人間が神罰、仏罰をおそれるからである。

腹大夫はちがうらしい。

――人間こそえらいのだ。

ということを打ちたてねば、この男は、堕地獄の人殺しである足軽や、地獄必定の猟師などの庇護者である印地の大将になれぬのであろう。印地の大将という稼業がら、ああいう空威張りの付け元気でさんざんぱら神仏をこきおろしたのであろう。

が、日が暮れて、

(えっ)

とおもった。腹大夫がやってきて、

「さあ、行こう」

あごで源四郎をせきたて、ゆらりと外へ出たのである。

八

腹大夫は、歩いてゆく。

「しかし」

源四郎は、腹大夫の無神論が気に入らなかった。神仏もおらず、妖怪もおらぬ世の中というのは、花のない草原とおなじでなんとつまらぬことかとおもうのである。

になる。

「本当にないのか」

と、源四郎は未練げにいった。いっそばけものもあったほうが浮世のおもしろさになる。

「本当にないのかえ」

「うるせえ」

腹大夫は、どなった。

「あるのかないのか、どっちにしろ証拠のないことだ。おれに念を押されたって、そいつはお門がちがう」

「しかし、あんたは無いといっている」

「おれはあるとかないとかいうより、神仏もばけものも、足蹴にしてどぶへたたっこむほどの気概を人間は持て、というのだ。見えもしねえ野郎どもに遠慮などして生きてゆくのは馬鹿の骨頂というのだ」

「だから足蹴にするのか」

「それはな、おれたち印地だけじゃない。門徒坊主がそうよ」

門徒とは、浄土真宗（一向宗・本願寺）のことである。この宗旨は鎌倉時代の人である親鸞《しんらん》によって創始されたが、しかし親鸞没後は世間からわすれられ、第八世蓮如《れんにょ》にいたってその思想と教義を掘りおこし、世間にひろめた。蓮如は源四郎や腹大夫と同時代のひとで、思想家、宗教家としてもさることながら、組織者としては不世出の人物であろう。この宗旨は蓮如一代で大いにひろまり、当節日本におけるもっとも活発な民衆仏教になっている。

「この当節流行の一向宗というのは、神もおがむな、祈禱《きとう》も迷信である、というのだぜ。幽霊などもおらぬ、妖怪《もののけ》もおらぬ、まじないもうそだ、というのだ」

「本当かね」

「知らぬのか。たいへんな人気だぞ。神仏も祟りもばけものも世の中にはないというので貧乏百姓や猟師や漁師たちは大よろこびだ」

そういう下層の民は、いままでのような神仏があってはこまるのである。猟師や漁師は殺生をせねば一日も暮されぬ連中であり、貧乏百姓も、子をうんでは間引いて殺している。この連中がその殺生のゆえに極楽へゆけぬとなれば、救われようがない。生きて貧窮にあえぎ、死んで地獄にあえぐとなれば立つ瀬がないではないか。親鸞・蓮如の汎神論を否定したほとんど無神論のにおいさえもつ教義は、乱世のなかで大きく迎えられたのは当然であろう。

「だから、言っているのは印地どもばかりではないのだ。それに、兵法使《ひょうほう》いどもも、それに似ている」

剣客のことだ。

剣技というものが体系としてつくりだされたのは、まだ最近のことである。このころ、それを兵法といった。兵法の流行はまだキザシだけのことだが、この、すべてを自分の力に頼らざるをえない殺人用の体技は、神だのみの心理からおよそかけはなれている。

（わしも剣は学んだが、しかしちかごろ流行の兵法は学んだことがない。兵法とは、なるほどそうか）

東山の坂をのぼり、やがて木立がふかくなった。小松谷である。このあたりにむかし平重盛の別荘があったように、いまも公卿の別荘や女御などの里屋敷が多い。

「化け地蔵というのは、このあたりで消えたのか」

腹大夫は、赤松の根方に足をとめた。源四郎の記憶では、たしかそうだった。

「その冠木門《かぶきもん》が、お今の里屋敷の門か」

と、腹大夫は門のそばにちかづいて行ってあたりの闇を舐めるように見まわした。

お今の女陰が、ふわりとうかんだのはこのあたりであったが、いまはただの闇である。


「たいした塀ではない」

腹大夫は、いった。なんとか土塀の瓦の上さえよじのぼってしまえば、あとはむこうへころげ落ちるだけでいい。

身の軽い源四郎がまず飛びつき、大汗をかいて塀の上で腹ばいになり、手をのばして腹大夫をひきあげようとした。この愚劣な作業のために、四半刻《しはんとき》ばかりかかってしまった。

どさっ、と塀のうちの落葉のうえに落ちた腹大夫は、

「気の毒した」

と、源四郎に低声《こごえ》で礼をいった。源四郎はこの男がはたして妖怪と対決できるだけの器量と力倆があるのかと不安になってきた。

「腹大夫、だいじょうぶだろうか」

「こわいのか」

と、腹大夫は、別な意味にとった。勇気づけねばとおもったらしく、

「神仏霊異というのは、無いのだ。いまその証拠をおれがみせてやる」

腹大夫は、裏鬼門の方角にむかってあるきだした。かれのかんではそこに唐天子を

まつるホコラがあるという。

「源四郎、足音」

と、腹大夫は注意をした。源四郎の足音が大きい。もっと忍べ、という。ところが源四郎は、諸事これほど身ごなしの器用な男であるくせに、足音だけは奇妙に大きく、これだけはどうにもならない。

「おれは、将軍の子だ。足音をしのばせるような芸は血が許さない」

「なにを言ってやがる」

腹大夫は怒ったが、この腹大夫はこれほどの肥満漢でありながら、足音だけはまるで猫が綿をふんでいるようにきこえないのである。

池をまわった。

「いいあんばいに、気づかれていない」

腹大夫がささやいたが、源四郎にはそうとはおもえなかった。

人間には、妖怪や霊異を感ずる体質があるのか、源四郎には、この闇がただの闇とはおもえない。無数の生霊死霊がこの闇のなかに息づいているようにもおもえ、そのにおいさえするようなのである。

真夏に、磯で塩を焼くような、あのどうにもならぬ臭気が、京の東山のこの山中でにおってくるのである。

「磯くさくはないか」

と、源四郎はささやいた。このまえのときもそうだった。朱雀で化け地蔵をみたときからずっとこの磯くさいにおいが漂っていたようにおもえる。妖怪のにおいではないか。

——気のせいだ。

と、腹大夫は、無言で笑ったようであった。

裏鬼門の角に、赤松がひともと大きく天にくねっている。唐天子をまつってあるというホコラは、その根方にあった。

「これか」

腹大夫は、そのホコラの屋根を両手でおさえ、床のあたりを試めしに蹴ってみた。もうそれだけで床の脚が折れたほどにもろい。腹大夫は気をよくし、足を大きくあげ、

「源四郎、みろ、神も仏もない証拠を」

というや、力まかせに蹴りあげた。ホコラは無残に倒れた。

がひどくまずいことがおこった。その物音をきいてやってきたのか、松明をかかげた女があらわれ、

「あなたたちは、何者です」

と、ものしずかにとがめた。女はふしぎな服装をしていた。柿色の衣をまとい、同色のもすそをながく垂らし、髪はどうみてもみどり色なのである。

「源四郎、そいつに口をきくな」

腹大夫はいった。

「なぜです」

「おまえは、たぶらかされようとしている。うそと思うなら、剣を抜いてみろ」

「抜いて？」

「斬れ」

源四郎は言われるや、腰をひねって抜打ちに横にはらったが、つかを持つ手がしびれるほどの反動がもどってきて、刃がはねかえった。

「見たか」

「わかった。赤松を斬った」

「そうだろう。お前さんはいま、心気がもうろうとした。赤松が、女に見えた。横か

らそれがわかったから注意したのだ」

「なぜ赤松が女に化けたのだろう」

「気のせいさ」

と腹大夫がいったとき、ホコラがいつのまにかもとどおりに立っていることに気づいた。

「源四郎、ホコラが立っている」

「気のせいではないか」

「いや、これをみろ」

腹大夫は剣をぬき、剣をもってホコラのとびらを突き刺した。ひきぬくと、とびらはひらいた。

「なかに入ってみよう」

と腹大夫が身をかがめたとき、源四郎はあきれた。あれほど醒めている、と豪気なことをいっていた腹大夫が、手文庫ほどしかないホコラのなかに身を入れようとしているのである。

「腹大夫」

とその帯をつかんでひきもどそうとしたが、腹大夫はすさまじい力でなかに入ってしまった。ひきずられて源四郎もなかに入った。

なかは、伽藍のように広く、あちこちに円柱がそびえており、天井が高く、格天井でことごとく丹《に》と青で彩色されている。

「これが、ホコラのなかか」

と、腹大夫がおどろいている顔は、目も唇も垂れ、もはや虚妄の表情であった。

源四郎は、懸命に醒めようとし、

(唐天子の幻術だ)

と思おうとした。

「腹大夫」

と、源四郎はこの肥満漢の背をどやしつけねばならなかった。

腹大夫は、はっと目がさめたような顔をした。面上を覆っていた青い被膜のようなものが消え、いつものこの男に戻った。

「ねむっていたような感じがする」

と、腹大夫はつぶやいた。中世人の体質はしばしば魔に魅入られる。腹大夫もこの時代の人であることからまぬがれえないのであろう。

腹大夫は気をとりなおしていった。

「唐天子というやつを斬るのだ」

と、腹大夫は白刃をにぎったまま扉を押した。唐風《からふう》の廊下がある。春日灯籠《かすがどうろう》のような吊り灯籠の列が、はるかな奥へつづいている。

「奥へゆこう」

「源四郎、抜刀しろ」

と、腹大夫はいった。魔に対して人間が立ちむかえるのは剣しかなく、剣だけが魔よけの効果があるということを、腹大夫は講釈した。

そのあと、どれほど歩いたかわからない。廊下がとぎれると、庭に出た。庭道をたどってゆくと、川に出た。橋がかかっている。見覚えのある橋であった。

(三条の橋に似ている)

とおもったが、とにかく渡った。あとで記憶をたどってみると、それが現実の三条橋であったのだが、このときは両人とも気づかなかった。とにかく、かれらは無我夢中で歩き、やがて坂にさしかかった。それをのぼり、山上の草原に出たとき、陽が昇った。

京が眼下にみえた。

「あれは、京ではないか」

腹大夫が、まず醒めた。源四郎はあたりを見まわして、これが阿弥陀ケ峰の上であることに気づいた。

二人は、尻餅をついた。どういう加減か一晩じゅう京の東西南北を歩きまわり、ついにこの東山の一峰にのぼってしまっている自分に気づくまでに、多少の時間がかかった。

「たぶらかされた」

と、源四郎はぼう然とした。足腰が痛み、立ちあがれぬほどくたびれていた。

「やはり、あるのだ」

と、源四郎はいった。神仏や妖怪というものが、である。

「あるかもしれぬ」

腹大夫も、さすがに心気が弱りはてているらしくついに認めた。しかし、いった。

「あるかもしれぬが、たとえあったところで、それをたたきこわさねばならぬ」

「なぜだ」

「こわさねば、いつまで経ってもわしら印地の徒輩は頭をあげられぬわ」

(とにかく)

と、源四郎も別な意味で心境が変りつつあった。ここまでなぶられた以上は、かれらに挑戦し、駆逐する以外にわが身の怒気の鎮めようがなかった。

(お今とそれに憑いている妖怪をたたき出してやる)

と、源四郎は決意した。

その工夫や方法は、思案をかさねればなんとか思いつくのではあるまいか。

兵法

一

三年の歳月が経った。

「あの若者は、どこへ行ったのだろう」

と、公卿《くげ》の日野勝光はときどき思いだす。源四郎のことであった。三年前に出奔したきり、日野家からも京からも姿を消したのである。

春になった。

この日、将軍夫人である妹の日野富子が、清水への物詣の帰り、ひさしぶりで実家へ立ち寄った。

「またいちだんと美しゅうなった」

と勝光はいった。

「わが妹でなければ捨ておかぬところさ」

「そうですか」

富子は、とりあわない。

「大樹《たいじゅ》（将軍）は、どうだ。ちかごろすこしは和御前《わごぜ》をかえりみるか」

すこしは富子の閨《ねや》に訪れるか、という露骨な話題なのである。

義政の側室はお今だけでなく、もはや十人以上にもなっており、正室の富子をさほどには愛していない様子であった。それでも富子は昨年、懐妊をした。

が、死産であった。なんという不幸であろう。

「こまったことだ」

この日も、この話題になった。日野勝光の政治上の希望は、ただひとつ富子が将軍のために男子を生んでくれることであった。そうなれば日野家はつぎの将軍の外戚になり、勝光はどのような威福も思うがままになるのである。

「大樹は、なん日に一度、和御前が閨にくる」

と、勝光は富子をのぞきこんだ。好色な話題ではなく勝光にとってはその一事がかれの将来を決定するのである。

「さあね」

富子は、鼻で笑った。

「なんという顔だ」

「どのような？」

富子は、心もち胸をそらした。

「和御前もかわった。当家にいたころは深山《みやま》の湧き清水のように清げなむすめであったが」

「変りますよ」

と、富子は言い、侍女をよんで自分を背後からあおぐように命じた。春とはいえまだ余寒ののこっているころで、あついというような季節ではない。しかし富子は体質が尋常でないのか、もうこの季節から汗をかき、ひとにあおがせねばならない。

「あのようなところにおりますとね」

将軍館の奥などにいると、人間がかわらざるをえないという。辻君とおなじです、とも富子はいった。将軍の愛を求めるというより、将軍のからだを求めるということで局々の女どもやその女奉公人たちは毎日毎夜、女の智恵のかぎりをつくして義政の気をひこうとしたり、他の女を蹴落そうとしたりするという。

「ところで」

と、富子はいった。

「あの源四郎という若者はどこへ行ったのでしょう」

「ああ」

日野勝光も、重大なことをおもいだしたようににぶい声を出した。

「和御前も、源四郎のことが気になっていたか」

「どこにいるのです」

「三年前に出奔したきりさ」

「わからないのですね、ゆくえが」

「わかればどうする」

「わたくしはね」

と、日野富子はまるで別なことをいった。

「こどもがうまれないのではないかとおもうのです」

「まだ若いのに」

「そりゃ、うまれることはうまれるかもしれませんけど、しかし女ばかりです」

「ばかだな」

「とお思いでしょう。ところが大樹さまのもとにやってきた肥前の祈禱師というのが、おそれながら大樹さまにはおん男児ご出産のご運はございませぬ、と申しあげたのです。大樹さまはそれをお信じになりました」

「馬鹿な」

「仕方がございませぬ。将軍の御所にありましては将軍のお思召が神の声のようなものでございますから」

「それで」

「おん弟ぎみを還俗《げんぞく》させてあとつぎにしようかと御思案中でございます」

将軍義政の弟は、義政よりも三つ下で、貴族の次男以下が大ていそうされるように早くから僧にされ、浄土寺に入っている。還俗とは僧をもとの俗身にすることであり、例のないことではないが、尋常なことではない。

「ばかなことを。還俗でもさせてあとで男児が出生でもしたら、騒動のもとだ」

「ですから」

と、日野富子はいう。

「源四郎が居ればちょうどいい」

かれならば俗身のままである。むろんあのように土民の階層に育った者をすぐには将軍御継嗣にするわけにはいかないが、手駒として持っておくにはちょうどいい。

「源四郎を、わたくしの養い子とするのです。もしあとでわたくしに男の子がうまれましたときは源四郎は捨てます。捨てるにはかっこうの者ですから」

「妙案だな」

「それに」

と、富子はいった。

「浄土寺さまを還俗させましょうとはお今どのから出たはなしです。もしそうなった場合、お今どのの権勢は手がつけられぬほどに大きくなりましょう」

「源四郎をさがさねば」

勝光は、いった。

ところがこの日、富子が日野家を辞して輿に乗り、堀川までさしかかったとき、むこうからやってくる壮漢がある。

小袖、伊賀袴といった旅姿の武士で、目の配り、腰のすえよう、一見して尋常な男ではなかったが、面貌だけはどこか源四郎に似ていた。

まれな例かもしれないが、人間はときに一変することがあるらしい。

源四郎がそれである。

この若者はあれから京を出奔し、関東にくだった。兵法《ひょうほう》を学ぶためであった。

——兵法しかない。

と、腹大夫がかれにいったのは、妖異変化《へんげ》に対決しうる思想は関東で勃興しつつある兵法であるということであった。

剣のことである。

剣は、鎌倉時代にあっては単にふりまわす道具でしかない。馬上敵をなで斬るために長大なものをもち、横にはらうか、タテになぐりつけるか、それしか芸がなく、それ以上に技術を精妙にする必要もなかった。なぜならば騎馬戦における主要兵器は弓矢であり、ついで薙刀であり、太刀などを用いることはめったになかったからである。

が、源四郎の時代よりもわずかな昔、これが技術として勃興した。合戦の様相がかわって歩兵戦が主になったことにもよるが、それよりも関東の鹿島・香取の神官たちのあいだで自然この刀術についての研究熱がたかまり、多くの天才を出し、その技法も精妙になったからである。

この当時、世間の地口《じぐち》に、

上り音曲

下り兵法

といった。兵法修行は関東にくだらねばものにならぬということであった。

兵法とは、白刃の間に身をまもり相手をたおす技術である。一瞬の差で落命するというこの世界ほどすさまじい技術はないであろう。生命を賭けているという点で、つねに兵法の考え方は危機感に満ち、断崖上で舞踏をする緊張感があり、相手を倒すことによって運命が眼前で一変するという点でぎりぎりの運命意識があり、このために単に技術でありながら同時に思想を生んだ。

——神仏はたすけにならない。

という思想である。護符も、神水も、まじないも、兵法者にとってはなんの価値もなく、自分の技術の精妙さ豪胆さだけが自分を救うというありありとした無神論がそここにうまれた。つまり兵法の習練によって修行者自身が思想化され、修行後、べつの人間として出てくる可能性もでてきた。

源四郎の変身はそれであろう。

この男は関東にくだり、そのころ兵法の大宗《たいそう》といわれた飯篠長威斎《いいしのちょういさい》に師事した。

「万人に一人の筋目のよさだ」

と、長威斎は最初から源四郎の太刀筋をみてそういった。

「足腰もできている」

ともいった。源四郎はかつて熊野で山伏から古風な刀術を学んだ。この刀術は源平のころ以来伝承されてすこしも進歩していない早わざ術というもので、飛び跳ねることの早さだけを主眼にしたものだが、それでもからだの基礎にはなっている。

三年でひとの十年ほどのわざを身につけ、ひとまず長威斎のもとを辞し、京にもどってきた。

大望があった。自分を手鞠《てまり》のようにあつかったあの京の妖怪どもを征服しようというものであった。

二

源四郎が、東寺のそばの腹大夫の小屋をたずねると、留守であった。

「河内《かわち》のほうへ」

と、留守の者がいう。合戦をしに行ったという。河内国は足利の体制下でももっとも大きな大名のひとつである畠山氏の領国であった。その畠山氏の同族間で内輪もめがおこり、それが戦争になった。戦争には足軽が多数要る。腹大夫は印地《いんじ》の足軽どもを多数つれ、傭われて行っているのである。

(河内ならば、近い)

枚方《ひらかた》あたりに一泊すればらくらくとゆける距離である。

源四郎はその足で京を出た。京の南郊墨染村の茶店でやすみ、餅を食った。

「河内にいくさがあるのか」

と、うわさをきこうとすると、茶店の老爺はあるどころではございませぬ、といった。

「お武家さまは京でごらんあそばされませなんだか」

「京で？」

「死人《しびと》を、でございますよ」

餓死者のことだという。河内一国が戦場になってしまったため、百姓は村を焼かれ家を焼かれてその罹災民一万人ほどが京へ逃げてきた。それらが京でにわか乞食になったが、京でも一万人の乞食をやしなうほどに食糧が豊かでないから、かれらは次第に飢えはじめ、そのうち二千人が鴨川の河原で餓死したという。

「その死人をごらんあそばさなんだか」

と、老爺はいうのである。

（なるほど）

源四郎はけさ、蹴上《けあげ》の坂をくだってきて鴨川を渡ったとき、その餓死者のむれを見はした。しかし、さほどの疑問ももたなかったのは、京では見なれた風景だったからであった。足利時代、つまり室町の世というのは、政治というものがなかった時代というべきであろう。幕府はそれ自体の利権のために存在するものであり、民政のための機関ではない。このため、京の名物といえば鴨川の餓死体ということになっていたくらいであった。

「あれは河内からいぶりだされた百姓どもの死体でございますよ」

「そうか」

「それほど河内では合戦が激しいらしいということでございましょう」

源四郎はその夜は淀川畔の枚方で一泊し、翌日、河内の高屋城の城外の野小屋に屯《たむろ》している腹大夫をたずねた。

「なんだ、源四郎か」

と、腹大夫は麦畑のなかで立ちあがり、ふしぎそうに源四郎を見つめた。

「いや、別人だろう、と言いたいほどにおぬしはかわったな」

と、腹大夫はどちらかといえば、気味わるげにいった。

事実、源四郎の人相や態度に三年前の軽忽《けいこつ》さがまるでなく、さりげなくそこに立っていながら、腹大夫が接していて内心腹立たしくおもえるほどに圧迫感のようなものを感じる。

（人間とはこうも変れるものか）

腹大夫は、一種のおびえを感じつつおもった。しかし源四郎にはそれはわからない。

「そうも変ったかな。たかが兵法をやったぐらいで」

「あれからどうしたのだ」

と、腹大夫は麦畑のあぜに腰をおろした。源四郎はすわらず、立ったままで、腹大夫がすわるようにすすめても、

「いや、このほうが楽なのだ」

と、とりあわない。どこか昔（といってもわずか三年なのだが）とはちがっている。

「あれからかね」

と源四郎は繰りかえすのみで語らない。以前のかれならば薄紙が風に吹かれているように舌をまわしておのれのことを語ったはずだが、どうも口がおもい。

「ひどく無口になったようだな」

「いや、そうでもない。語ろうにもこう、自分のなかがもやもやしてうまく語れぬ」

「もやもやとは？」

「喋ってもこう、自分のことがうまく言えそうにない」

「内容ができたからだろう」

と、源四郎好きの腹大夫は、解釈した。腹大夫にいわせれば以前の源四郎ならからっぽだからよく喋ったが、いまの源四郎はなにごとも一概にはいえぬためらいのよう

なものが舌をもつらせてしまう。

「そうではないか」

「さあ、自分のことはよくわからないが、それほど大層なわけではない。ただ兵法というのは妙なものだな」

「どういう」

「あれは自分との戦いだな。自分が何者かということが、すこしわかってきた」

「話はかわるが」

腹大夫はいった。

「将軍になるという、あの一件だけは捨てていまいな」

「どうも遠い話だ」

源四郎はいった。源四郎は兵法という芸の世界に入ってしまったが、この芸の道というのは酒よりも人を酔わしめる。自分の兵法を成就するというそのこと以外、他のことは考えられぬような人間になってしまったというのである。

「どうも、この点もわれながらおかしい。だから将軍のことは心から離れた」

「冗談ではない」

腹大夫は、大声を出した。

「以前の源四郎という若僧はとるにも足らぬ男であったが、ただ将軍になるという途方もない望みをいだいて熊野の山から出てきた。であればこそおもしろかったし、それなりにきらきらと輝いていた。それを、たかが芸の道に踏みこんだからといって捨てるやつがあるか」

「まあ、どちらでもよい」

「変りやがった」

腹大夫は、急に力をおとしたような声でいった。しかし同時におもった。兵法使いとあればちょうどここは戦場である。

「陣借りしてその兵法をためしてみないか」

「面倒だな」

事実、気がなさそうであった。腹大夫が腹を立て、それならばなぜ京へもどってきたのだ、というと、

「恋をしているらしい」

と源四郎はおもいもかけぬことをいうのである。だからこそ京に帰ってきたという。

わずか三年の関東における修行が、源四郎をすべての点で意外な男にしてしまった。

「恋を」

腹大夫は、悲鳴をあげるようにしていった。恋をしたのか。

「それも京の女に、とは考えられぬことだ。おぬしは関東にいた。その間、京の女と接触があるはずがないではないか」

「接触はない。しかし想いはあった」

「うむ」

腹大夫は、考えた。その恋というのも尋常のものではなく、ともあれ京にのぼってきたのはその女に会うためだという。

「たれだ、なんという名だ」

「日野富子よ」

腹大夫は、だまった。日野富子は将軍御台所《みだいどころ》であり、天下第一等の貴婦人である。

「惚れていたのか」

「いや」

源四郎は正直にいった。京にいるときはさほどには思わなかったし、第一、身分が懸絶している。それに一度しか会っていない。

「ところが、妙だな。関東にいるとき、想うといえばあのひとのことばかりだった」

草に伏しても、野道を歩いていても、関東特有の、上方では想像もつかぬあのひろびろとした大地とはるかな天を見はるかしていても、想うのは将軍御台所のことばかりだったというのである。

「気のせいだぜ」

腹大夫は、上目をつかいながらいった。

「心ではないね。気さ。人間、自分の気にごまかされちゃいけないよ。おまえはね、兵法の修行をした。修行はつらかったろう」

「死のうかと思ったことが三度ある」

それほどつらかったということだろう。

「だから、京のころを想った。京といえばおまえが知っているただふたりの女が、日野富子だ。いまひとりはお今御前だ。ひとりは将軍の正室、ひとりは将軍の側室、そのふたりしか女というものに接触がない。だから富子を思いえがき、あこがれ、あこがれることによって兵法修行の苦行から一瞬でものがれて自分を慰めたかったのよ」

「気か」

腹大夫はいった。気であって、心であるまい、という意味である。

「恋は気ではないか」

と、源四郎は、軽くわらった。こう断定するあたりでも以前の源四郎とは別人である。

「おれはこの恋を遂げる。遂げるために京へもどってきた。日野富子の敵はお今御前だったが、いまでもそうか」

「いよいよその形勢だ」

「さればお今を退治る。お今にはあわれであるが恋のためだ。お今のもとにはあいかわらず唐天子《とうてんし》はいるか」

「いるはずだ」

「その唐天子を討ち、お今を京から追っぱらい、人無き島にでも閉じこめ、それによって富子の心を得たい」

「あれは食わせ者だぜ。妖怪、霊異などというが、あの女こそ日本一の妖怪かもしれないぜ」

腹大夫はいったが、源四郎は風のなかにいた。聞いていないらしい。

三

その夜、源四郎は腹大夫の陣小屋で一泊した。

「ここにいろ」

と腹大夫はすすめてくれた。

「組頭にそういってやるから、この御陣を借りてひと稼ぎしてみろ。おぬしの兵法が試めせるではないか」

といってくれたが、源四郎には興味がなかった。京にもどって日野富子に会いたい。富子のために唐天子を真っ二つにする以外に他のことは考えられなかった。

「そうか、それもいいかもしれない」

腹大夫はそれ以上すすめなかった。腹大夫にすればもし将来、源四郎に将軍継嗣のはなしがおこったとき、かつて河内の戦場で足軽働きをしたことがあるということになれば、なる話もならなくなるだろう。

「人間、閲歴が肝腎だからな」

と、ひとり合点してそれ以上はすすめなかった。

——いつ京にもどる。

と源四郎がきくと、

「この合戦がおわり次第」

と腹大夫がこたえた。おわればまた京都で会えるであろう。

翌朝、源四郎は河内の戦場を離れ、鳥羽街道をとって京に入った。

このとき、妙な男に出くわした。十条の松原を通ったときである。

「源四郎ではないか」

と、路傍にすわっている老人が、抜けた前歯のあいだから、そんな声をかけた。みると指阿弥陀仏《ゆびあみだぶつ》であった。

路傍にむしろを敷き、その上にコブシほどの石を五十ばかり積みあげてすわっている。

「その石は、なんだ」

源四郎がきくと、指阿弥陀仏は答えず、

「おぬし、変ったな」

とだけ、いった。あとは指阿弥陀仏は背をまげ、頭を垂れ、居眠るがごとくすわりつづけた。このあたりは市街地からやや離れているため人通りはすくないが、それでも五分に一人ぐらいは過ぎてゆく。

やがて、元服前の寺小姓といった少年が、僧服の老人を従えてやってきた。素姓は卑しくないらしく、道の中央を遠慮もなげに歩いてきたが、この石の山をみると、

「あのありの実を買え」

と、従者の僧に命じた。梨のことである。梨が無しであることを忌み、この時代のひとびとは有の実といった。

(これはすごい)

と源四郎はおもった。関東にくだってからようやくわかったことだが、この指阿弥陀仏の幻戯《めくらまし》というのは催眠術であり、それにすぎなかった。しかしなんとみごとにだましおおせることであろう。

——おぬし、変ったな。

と先刻、指阿弥陀仏がいったのは、源四郎の目だけは素直にこれが石であることがわかったことを指しているのであろう。

寺小姓は、従者に石を持たせて去った。そのあと二条あたりの商家の御料人らしい婦人が通りかかって一つ小女に買わせた。

指阿弥陀仏がなぜここにすわっているかといえば、わけがある。

先日、日野富子が実家の日野家から将軍御所へもどる途次、源四郎をみた。

(あれは源四郎ではないか)

とおどろき、将軍御所に帰るとすぐ使いを兄の日野勝光に出し、

――たしかめてください。

と申しやった。勝光はすぐ指阿弥陀仏をよび、「なんとかせい」と命じた。

そういうことである。

「だから、ここで待っていたのだ」

と、指阿弥陀仏は、源四郎にいった。態度がどこか、三年前のように軽侮したようなところがない。

「話がある。どこかへゆこう」

と、指阿弥陀仏は立ちあがり、ござの上の石ころを捨て、ござを巻いて痩せた背に背負った。

「いそごう」

指阿弥陀仏は、歩きだした。

「いそがねば、先刻の買い手が言いがかりをつけてくる」

それはそうだろう。かれらは梨だとおもって買ったのが、途中でただの石だという
ことに気づくにちがいない。
「なぜそのような馬鹿なことをする」
「馬鹿ではないわさ」
指阿弥陀仏にいわせると、これが自分の天職であり、生き甲斐であるという。幻戯
のことである。
「あの路傍で、ただなんとなくおぬしの姿のあらわれるのを待っているだけでは能も
芸もない。退屈でもある。それに幻戯というのは朝昼晩中それをやっておらねばつい
つい心が人にもどるのだ。人に戻ってはわしはただの老人になってしまう」
「あんたはいくつだ」
こう、横顔をみると、さほどの老人とも思えないため、源四郎は話の腰を折ってき
いてみた。
「百五十三よ」
どうせうそだろう。
「なぜ嗤う」
「わらってはいない。ただ幻戯で世に巣食っているというのは、ふしぎな渡世だとお

もうわけだ」

やがて指阿弥陀仏は、崩れた築地塀《ついじべい》のなかに源四郎をさそった。なかは草ばかりで、建物ひとつない。かつて王朝にまだ威権があったころ、ここは宮廷の典薬寮直轄の薬草園だったという。いまは一望のむぐらで荒れはてている。指阿弥陀仏はその草のなかにすわった。

「おぬしは変った」

と、繰りかえした。自分の幻戯にまったくかからなくなったことをいっている。

「いやな男になって戻ってきた」

指阿弥陀仏にいわせると、かれの幻戯にかからないのは一に覚悟のできた禅坊主、二に一向念仏の固《かた》門徒、三に兵法者だという。

「話はたっぷりあるのだが、その前にわしのほうから腰を折りたい。頼む。わしと爾《じ》今《こん》、仲よくしてくれまいか」

わけは、そう醒めて貰ってはどうにもならぬ。わしが下目《しため》として慇懃《いんぎん》をつくすゆえ、邪魔立て、危害などは加えないでくれ、というのである。源四郎は、おもしろくなった。世間は自分を中心に動きだしたのではないか。

「ところで」

指阿弥陀仏は、用心ぶかげな顔をした。

「京へもどってきたのは、なにが望みだ。やはり将軍家のお世嗣になりたいのか」

「さあ、どうかな」

源四郎は、かれ自身も気がつかないことだが、人が悪くなっていた。自分を深く韜《とう》晦《かい》して肚のなかをみせない。

これも兵法修行でできあがったあたらしい性格かもしれなかった。兵法というのは相手がいまどういう状態にあり、どういう心理で動き、いつなにを仕掛けようとしているかということを見抜く芸である。それを未然に察し、相手がその挙に出ようとするや、それに先んじて撃つ。逆に自分のそういうものを相手に見すかされれば負けであった。かれの関東での兵法の師は、

――敵の目をみよ。しかし敵の目をみて敵からわが目のうちを見すかされるな。ときに目をはずし、敵の帯のあたりを見よ。敵はかならずとまどう。

と教えてくれた。

要するに、「おまえの望みはなんだ」などと正面をきってきかれて正直に音《ね》をあげてしまえば、相手は猫を首の根で吊りあげるように当方のそれをつかまえて自由にし

てしまう。

指阿弥陀仏は、

（こいつ、食えない）

とおもったのだろう、そのあととりとめもないことを喋っては源四郎の表情に出る手ごたえをさぐっていたが、ついにあきらめたらしい。そのとき不意に源四郎は、

「唐天子とはどういうばけものだ」

と、きいた。それをきくと指阿弥陀仏は急に落ちつきをうしなった。

「それをわしにきくな」

というこの男の目に、あきらかに恐怖が宿った。唐天子のことはわしに言わせるな、とこの男はふたたびいった。

「たとえばそこの小石、いまそこへ走った野ねずみ、それが唐天子かも知れぬ」

「あれは人間かね」

「わしとおなじだ」

「とは？」

「答えはそれだけだ」

指阿弥陀仏を人間であるとすれば、唐天子も人間ということになるのだが、しかし

本当はどうであろう。

「殺せば人間ということがわかるか」

源四郎は、大まじめだった。唐天子とこの指阿弥陀仏が同類とすれば、この男を殺せば唐天子が人間かどうかわかるではないか。といったときには源四郎は指阿弥陀仏を抱いていた。脇差を逆手《さかて》にもち、鎌で草を刈るようなかっこうで指阿弥陀仏の首に白刃を当て、左腕でこの男の睾丸《こうがん》をにぎっている。

「殺すな」

指阿弥陀仏は叫んだ。

「しかし、言えぬのだ」

この男がいうには、唐天子はお今に取り憑き、指阿弥陀仏は日野家に憑いているが、本来、仇敵ではない。そこは物怪《もののけ》（あるいは幻戯《めくらまし》か）として同類であり、非力な指阿弥陀仏は唐天子に大目に見のがされていることによってやっといのちをとられずにいる。いまもし唐天子に害意をもてばまっさきに自分は殺されるだろう、と悲鳴をあげるようにいった。

四

　このころ京の場末といえば九条から南であろう。このあたりに細民、飢民、悪党が巣をつくり、一日中喧騒が絶えない。

　源四郎は、ここに居をさだめた。

　——なにをするにしても独りで住まねば。

とおもったのである。むろん日野家の食客にもどろうとおもえば戻れるし、日野勝光がそれをのぞんでいることは指阿弥陀仏のことばの裏おもてを通しても察しられた。しかし日野家にいるかぎりは勝光の利害であやつられる人形になるだけであろう。とにかくも居を定め、そこに住み、京の様子を観望しつつその上で身を処してゆきたい。

　河内の戦場から帰ってきた腹大夫が、

　——食うだけの物はもってきてやる。

といってくれたが、それもことわった。いかに友人とはいえ食物を給せられれば精神まで腹大夫に属してしまうことになりかねない。

(しかし、ひどいところだ)

と、源四郎はこの居住地界隈のことを思った。たとえばとなりの小屋に年配の乞食坊主が住んでいる。念閑と言い、念仏勧化《かんげ》をして市中で米塩をもらってはもどってくるのだが、正規の僧ではない。乞食が僧の姿をしているだけであり、そのほうが物をもらいやすいというだけである。

この僧形《そうぎょう》の乞食があそびにきた。というより源四郎という新入りの様子をさぐりにきたのだろう。

「石州(石見国・島根県)うまれでございますよ」

と、自分を紹介した。満月のようにまるい顔をした男で、齢は四十になっていないかもしれない。間断なく笑っている。

「この近所はね」

と、この付近の小屋の住人の話をしてくれた。向いは播磨の男で、かどわかしである。市中から下級公卿の小むすめをかどわかしてきて衣類をはぎとったまではよかったが、あとの始末にこまった。殺そうかとおもったがそれもあわれであり、結局、この聚落《しゅうらく》のなかに住む人買いに売った。人買いはそれを田舎の武家に売ろうとした。

——田舎の地頭《じとう》(一村一郡の領主)はよろこぶのでございますよ。

京の公卿の娘といえば田舎武士はよだれをしたたらせるほどにほしがるのだという。たまたま京見物にのぼっていた甲斐の安田なにがしという地頭に清水寺で話をつけた。話がまとまり、金をもらっての清水からの帰り、汁谷の林で殺されてしまった。殺したのはやはりここの住人で備前の男だという。

「金は」

「その男がね」

まきあげたばかりか、殺した男の小屋に入りこんでぬけぬけと住んでいる。

「気のつよいやつでございますよ。気がつよければ盗賊になり、智恵があればかどわかしになり、力も智恵もないのがわたくしのように乞食になります。そのような聚落《むら》でございますよ」

地名は京では、

——宇賀《うか》ノ図子《ずし》

とよばれている。図子というのは横町というような意味である。水は鴨川へさえゆけば汲めるし、薪はすぐそばの宇賀の松原に入れば枯枝がふんだんに落ちている。市中よりずっとくらしやすい。

――いったい何者だろう。

と、念閑は源四郎のことをおもっている。

「正直に申しまするとな」

念閑はいった。

「わたしの癖でございますが、こう、対座しておりましてな、対座している相手がどのうまれでどういう前歴の、いまなにをしていて懐ろにはどれほどの銭がある、ということがわからぬと、居ても立ってもいられぬたちなのでございます」

源四郎は、笑いだした。

「そのお笑顔ひとつでもご気品がございますようで。ひょっとすると、何さまかのおとしだねでおわすような」

「どうかわからぬが、死んだ母御前《ごぜ》の申したことばでは私は六代将軍義教《よしのり》公の落胤《らくいん》であるというのだが」

それをきいて念閑はうつむき、くすっ、と笑った。その種のことをいう人間が、この宇賀部落には往々にしているのだろう。

源四郎は敏感にそれを察し、

「しかし私はもう、そういうことはどちらでもよくなっている。あなたにそれを信じてもらおうとはおもっていない」

「ええ、ええ」

むろん信じませんとも、といったように念閑は大ぶりに首を振った。

「この部落で何千人という男女がおりますが、いずれも母親の腹からうまれた、というだけの人間でございますからね。父親の名前で生きてゆこうと思う人間は一人もおりませぬ」

「それが誇りか」

「やけくそでございますよ。とにかく口へもってゆく食べものを自分で都合してくるほかに生きるすべのない連中でございますから」

「わしも食いたい」

「そうでございましょうとも」

念閑は、源四郎の空腹をするどく察している。その食うための御相談に乗ってさしあげましょう、と念閑はいった。

「ただしこの世界では、男ならば乞食か盗賊か、女ならば辻君でございますよ」

「乞食はいやだな」

「これは働き者でないとつとまりませぬ」

「盗賊はつとまるかな」

「先刻、たしか兵法がご得手とおっしゃいましたな」

「得手でもないが、修行はした」

「いかほどに」

「さあ、さして強くないだろう。しかしそれがどうなのだ」

「盗賊には手下が必要でございますよ。この部落には木曾盗という盗賊の組がございますが、その頭《かしら》になられては。いやさ、あなた様が足利氏の御血統《おちすじ》をお汲みなされておるとすれば歴《れっき》とした源氏、その組の頭になるのにふさわしゅうございます」

――ただ。

と、念閑はいった。

「いまの頭の白旗権兵衛をお斃《たお》しになってからのことでございますよ」

「その男は」

「悪業《あくごう》のつよい男で、手下にも乱暴をはたらき、気に入らぬと草を刈るように首をはねます。でございますから、手下どももあの男を倒す者さえあらわれればよろこんで頭にいただこうという気分でありますようで」

（やってみよう）

と、源四郎はおもった。

その盗賊集団に、

「木曾盗」

というい かがわしい名をつけたのは、頭の白旗権兵衛の人間と無縁ではない。

この男は、木曾のうまれである。若いころは信濃の大名小笠原家で足軽奉公をしたことがあるというが、その後兵法を志し、諸国を転々とし、やがて京にのぼった。

兵法をもってひとかどの侍に取りたてられようとしたらしいが、京の大名たちは相手にしなかった。兵法というのは新興の技芸だけに世間の理解がうとく、それをもって身を立てようというのはまだ無理であった。侍は氏素姓の世界のものであり、百姓の子で足軽から身をおこした白旗権兵衛などがいかに兵法達者であろうとこの世界に入りこむ余地はなかった。

よほど、野心のつよい男らしい。

「氏素姓など、なんであろう」

と言い、言いはするがそれを否定しようとはせず、逆にそれを利用しようとした。

――自分は木曾義仲の子孫である。

と言いだしたのである。

「足利氏など、末源氏なのだ」

とかれはいう。足利氏はむろん尊氏《たかうじ》が征夷大将軍になって以来、源氏の氏《うじ》の長者ということになっている。しかし血流からみれば源氏の支流にすぎない。

源氏の本流は、鎌倉のころの源頼朝の血流でなければならないが、この頼朝の血流は同族あいあらそったために三代で絶えていまはのこっていない。頼朝の時代にはこの足利一族は関東の下野《しもつけ》に住しており、頼朝と遠い先祖がおなじということで支族のあつかいをうけ現実には家人《けにん》であった。それが鎌倉政権が衰弱してから、

——自分こそ源氏政権のあとをつぐ資格がある。

として足利政権の祖尊氏が立ちあがり、風雲に乗じて京に政権をうちたて、いまその八代目が足利義政将軍なのである。

「その足利氏より、木曾氏のほうが源氏として格が上だ」

と、この白旗権兵衛はいう。源平争乱のころ、木曾義仲は頼朝とは別流の源氏で、頼朝よりさきに京に源氏の白旗をたて、平家を駆逐した。しかし結局は頼朝の代官の義経と戦い、やぶれ、身は戦死し、一族は四散した。

ほろんだが、血流は残ってげんにそのひとつはこの足利体制下で信濃の豪族であ

る。それとは別の血流が、

――この白旗権兵衛である。

とし、かれはこの京の賤民街である宇賀に住みつき、盗賊団を組織した。かれがわざわざ木曾氏を自称する以上、それからみても足利政権への挑戦、とまでいかなくても反感をもっていることはたしかであろう。

乞食の念閑坊主は、その権兵衛をたずねた。

「ちょっとお耳に入れますが、あなたを殺そうとしておる者がおりますよ」

と訴え出たのである。

「それはたれだ」

「名前はちょっとおあずかり致します。しかし容易ならぬ者でございます」

念閑は、こんたんがあるらしい。

とにかくこの室町時代というのは、日本人が、悪という悪のすべてを体験した最初の時代といっていい。

幕府はなるほど京にあるが、政治が無きにひとしいため、貴族も庶人も悪でなければ生きてゆけぬ時代であった。

この乞食坊主の念閑のような気弱げなやつでさえそうである。

（これは、どうやら、将来めしのたねになりそうな）

と、念閑はありったけの智恵をめぐらせた。めしのたねとは源四郎のことである。強そうである。どうやら筋目のいい兵法を身につけているらしい。

これを「木曾盗」の頭の白旗権兵衛と嚙みあわせ、権兵衛が勝てばもともと。源四郎が勝って木曾盗の首領になればそれに食いついて一生楽ぐらしをしてやろう。いやいや一生とは大それている。せめて三日の飯でもただになればよい。

そういうこんたんである。

「きゃつは」

と、念閑は白旗権兵衛にささやいた。

「朝は陽が高くなるまで寝ておりますよ。襲うなら朝でございます。朝駈けがよろしゅうございましょう」

その翌朝、権兵衛は源四郎の小屋を包囲した。手下は二十人ばかり居るであろう。裏口には、サルスベリという一の子分を配備し、それに下知をまかせた。権兵衛自身は表口をうけもった。

小屋に火をつけた。

わらを小屋の四方に積み、同時に火をつけてゆく。これが源平以来の日本の伝統的戦法であった。けむりに巻かれておどり出てくるのを待ちうけて討つ。たいていは煙で目をつぶされているため、どういう豪傑でもこの手で襲われては勝ち目がない。

(はて、どうか)

念閑坊主は一同のうしろで身を小さくしながら結果を待ったが、このばくちは百に一つも源四郎のほうに目が出そうになかった。

(しくじったかな)

とも、そのまるい頭の中でおもった。しかし念閑はすぐ疑念を否定した。

(この方法しかないのだ)

と、念閑はおもう。たとえば源四郎に権兵衛を襲わせるようにすれば事は簡単なのだが、それではあとあと源四郎の名に傷がつき、評判がわるくなり、首領になれぬかもしれない。やはり「襲われたれど討ち返せり」ということでなければ悪党仲間で名をあげられないのである。

小さな小屋だ。

紙のように燃えあがり、屋根が落ち、下火になってしまった。しかし、

「焼け死んだか」

と権兵衛は余燼《くすぶり》を踏みつつなかをのぞいたが、死骸らしいものがない。

「おらぬではないか、念閑」

と、権兵衛が猪首をねじむけようとしたとき、その首がポロリと落ちた。落ちたそばをゆるゆると源四郎は通りぬけ、余燼を踏みつつ向い側へゆき、サルスベリにむかい、剣をあげた。サルスベリはもがいた。その両足に念閑がしがみついていたのである。

剣を一閃させてサルスベリの首をも刎ね、死骸を焼けあとにたたきこんだ。

五

源四郎は京にもどって一ト月目に、宇賀部落のいわゆる木曾盗の首領になった。

ひとは、

——熊野源四郎。

とよんだ。かれ自身は足利源四郎のつもりであったが、ひとびとはさすがに、足利という天下唯一の貴姓をよぶことを怖れたのだろう。

念閑坊主がいつのまにかかれの謀臣になってしまっており、食い物に事欠かぬせいか顔の色もつややかになり、言うこともこの男には似合いもなく女の話などをする。

「殿も、おそばの女《もの》をお置きなさらぬといけませぬな」

「いつかは置く」

「殿がおもちくださらねば、やつがれがつい遠慮をし、ひとりでおらねばなりませぬ」

「おまえは僧ではないか」

「ヘッヘッ、わたくしが僧」

首をすくめた。僧というのは奈良朝以来の国法では戒を受けた者、つまり僧としての国家試験に合格し僧位僧階をもつ者をさし、ただ頭をまるめて墨染の衣を着て経を読んであるいている者は厳密には僧ではない。

聖《ひじり》といった。

乞食坊主というほどの意味だろう。これはあくまでも渡世の商売であり、女を何人もとうとかまわない。

「殿はやはり、日野富子さまを」

「知っているのか」

「はい、腹大夫さまから」

と、念閑はいう。念閑は東寺の腹大夫のもとに使いなどするうち源四郎のことをいろいろきいたらしい。側近になる要諦《こつ》はその首領の弱点をにぎることであり、念閑は小悪党だけにそれは心得ている。

「むりでございますよ」

「恋というものは、たいていは無理だ」

「それにしても相手は何者とおぼしめす。将軍御台所であり、婦人の身ながら従二位《じゅにい》という高位のおかたでございますよ」

「それは迷妄だ」

「おやおや」

念閑は、まるい顔で笑いだした。笑うと、気味わるいほどにまるくなる。

「天下一の貴婦人であるというのは迷妄でありまするか」

(そうさ)

と、源四郎は思うようになった。将軍御台所であり従二位であるというのも、世間をひれ伏させるための幻戯《めくらまし》の道具にすぎない。金銀でかざられた御殿に住み、多くの侍女にかしずかれ、外出には華麗な車や輿を用いるというのも幻戯であり、虚妄である。日野富子を赤はだかにすればただの女にすぎず、そういう虚妄と実相というものを、源四郎は兵法を通じて骨のずいまでわかったし、この点でこの男は関東から帰って以来、別人になってしまっている。

「よろしゅうございます」

念閑は突如、大声を出した。

「わたくしめが、なんとかいたしましょう。殿と日野富子さまを、たとえ一夜でも娶《めあ》わせるように致しましょう」

この小悪党は、自分が言いだした悪謀に昂奮しはじめたらしく大吐息を三つばかりついた。


食うことが、この時代の正義である。

念閑坊主も時代の子であり、そのことのためにはどういう智恵もしぼった。

(日野富子さまに近づくためには)

と、かれはあちこちを駈けまわった。この乞食坊主の分際ではせいぜい水仕事の下女あたりに縁をもつ者はいないかという程度であったが、それもどうも思わしくない。

ある日、歌うがように、

――伝手《つて》あらばや。

――伝手あらばや。

と念じつつ歩き、夕刻、東 洞院《ひがしのとういん》の灯籠堂まできたとき、陽が落ち、西山の雲をあかあかと染めた。念閑は、紫色の影を路上にひきつつ佇《たたず》んでいると、

「失せ物かの」

と、灯籠堂から手まねきする者がある。みると、風体《ふうてい》は辻の陰陽師《おんみようじ》らしく、堂の前の梅檀《せんだん》の木の根もとでながながとねそべっていた。

「それとも探しびとかの」

近づいた念閑にいった。右耳の下に大きなこぶの垂れた男で、もうそれだけでもただ者でない思いがするのに、眉の毛がなく、両眼の上の皮膚が魚のようにぬめぬめと光っている。

「探しびとだが」

と、念閑はいったが、声に力がない。占ってもらうにも鐚銭《びたせん》一枚もないのである。

「ぜにがないのか」

陰陽師は笑った。

「わしはあやしい者ではない。阿倍晴道《あべのはるみち》という陰陽師だ」

大和の国から出てきてまだ京でひと月しか経《た》っていない。陰陽で暮らしを立てようとおもったがよい客もなく、ねぐらもないまま、このように灯籠堂の縁の下ぐらしだ、といった。

（わるい男ではないらしい）

と念閑はおもったし、同時に陰陽師も、

（この馬鹿を、なにかに使って食い代《しろ》をかせいでやろう）

とおもった。

まず、念閑からその探しびとというのをきかねばならない。

「銭など、要らぬ。わしの陰陽はあたってからのことだ。その探しびとは物持ちか」

「物持ちだ」

「それなら、その探しびとからわしは謝礼をもらおう。たれだ」

「名はたれでも知っている。居所もたれでも知っている。ただ会えぬだけだ」

「男か女か」

「女」

と念閑が答えたとき、陰陽師は懐中から水晶の玉《ぎょく》をとりだして地に置いた。

「みろ、この玉のなかにいる」

と陰陽師はいった。念閑はのぞきこんだ。天に残照が残っているが地には闇が立ちはじめている。念閑は懸命にのぞいた。やがて闇が濃くなりはじめたころ、玉のなかにありありと婦人の姿が見え、目をキラリとあげ、念閑を見あげた。念閑は戦慄した。日野富子であった。

念閑はとびのき、拝礼し、思わずその婦人の尊称を口走ったのを陰陽師は耳ざとく聞き、

「そうか、そのお方なら造作はない」

と、念閑の耳もとでささやいた。会わせてやろう、というのである。

――日野富子に会わせてやろう。

と陰陽師の阿倍晴道はいったが、そのための手つづきは簡単ではなかった。

「三日三晩、わしにからだをあずけよ」

と、陰陽師はいった。場所も時間も指定した。場所は十条河原の草のなか、時は戌《いぬ》の上刻（午後八時）である。

「だまされているのではないか」

源四郎は念閑にいった。

「なんの。この念閑はひとをだまそうともだまされませぬえ」

「わかるものか」

と、源四郎はいった。水晶玉をみつめているうちに日野富子の像が玉中にあらわれたというのも気のせいだろう。

(すでにそれだけでもだまされている)

と、源四郎はおもった。水晶は陰陽師の手なのだろう。それをもって念閑の心をつかんだ以上、あとは陰陽師がなにを言っても念閑は信じてしまう。信じこませた以上、陰陽の世界へひきずりこむのは自由自在だった。

念閑は、出かけた。

松明《たいまつ》をかかげて十条河原におりると、その明りのむこうで陰陽師が待っていた。

陰陽師はすわっている。すわっているまわりは草がきれいに刈りとられ、笹竹が四すみに樹《た》てられ、しめ縄がめぐらされてあった。

月はない。

念閑は、手みやげの山の芋をささげた。

「かならず会えるようにしてやる」

と、陰陽師は瀬の音のなかでいった。このあたりの瀬は大小の石が多く、水音がさわがしい。

夜がふけた。

念閑は、沈黙させられている。いっさい口をきくなというのがこの陰陽師の命令であった。

——瀬の音をきけ。

と、かれはいう。

「はじめは、水の音にすぎない。しかしながらそれを終夜ききつづけているうちに神の御声がまじる」

水の音は、身を傾け心を傾けてきかねばならない。時間に耐えることだ、という。そのうち体力が尽き、睡気がきざし、それにも耐えているうちに身のうち心の中が自然に虚《うつろ》になり、神の声がしのび寄る。

幻聴なのだろう。

この陰陽師は、どの時代のどの社会にもいる術者と同様、幻聴という錯覚を通じて人間を支配しようとしているらしかった。それが、

——神託だ。

という。神託を待つために瀬の音を気根のかぎりをつくして聴きつづけねばならな

いのである。

念閑は、その気になった。

夜半から雲が出て星が消えた。丑《うし》の刻（午前二時）が満ちたころ、その星のひとつが降りおりてきて瀬の流れのきわにある小石にとまった。念閑には夜光虫かなにかのようにしか見えなかったが、陰陽師は、

——おれは自分の星をここへ勧請《かんじょう》した。

という。すぐその星は消えた。気まぐれな発光虫が立ったのだろう。しかし念閑は体力が尽きるとともにそれを信じはじめた。

六

陰陽師は、この夜があけると念閑をつれて東山の奥に入り、仮眠をとらせた。どこで手に入れてきたのか、食い物は十分にあたえた。

やがて二日目の夜になった。こんどは清水《きよみず》につれてゆき、滝に打たせた。

滝には、呼吸がある。念閑の肩から背にかけて落水が打ちつづけるのだが、ときに大きく打ち、ときに小さく打ち、ときに右に偏《かたよ》り、ときに左に偏り、まるで水に意思

があるがようであった。般若心経《はんにゃしんぎょう》を三度となえると、しばらく水から離れる。また滝へ入る。その休息中についい居眠りしはじめると、陰陽師が両肩をゆすっておこした。

念閑は、昨夜もそうであったが、何度か幻聴をきいた。

「――きこえた」

と、そのつど念閑はいわねばならない。内容は他愛もなかった。数日前に発した自分自身のことばが再現されてきこえたり、幼いころにきいた母の言葉が出てきたり、かとおもえばまったくの覚えのない言葉もきこえたりした。

陰陽師阿倍晴道はそのつど、

――それはちがう。

と、即座にいった。最後に陰陽師がとりあげたことばは、念閑自身も言うをはばかったほどに卑猥なことばだった。

「それが、神託だ」

陰陽師は、滝の音をかき消すほどの大声で断定した。念閑は、闇のなかでおもわず顔をあからめた。

陰陽師阿倍晴道にすれば、なにが神託であってもかまわない。ただ念閑が、その精神をまる姿《なり》で自身にさし出してくれればよいだけのことである。念閑を、晴道がつくりだす神秘的世界に入りこませてしまえばいいだけのことであった。

　夜があけた。

　陰陽師は念阿を連れ、峰づたいにあるいて鳥辺山《とりべやま》にゆき、日が高くなってもねむらせなかった。念阿の肉体と精神を、歩ける程度にまでつねに疲労させておかねばならなかった。

（どの程度、この馬鹿はおれのものになったか）

を、陰陽師はしらべねばならなかった。かれは五輪塔にもたれ、ふところから瓜のたねを一つ、とりだした。

　地面に置く。

　陰陽師はざっと一時間ほどのあいだその小さなたねにむかって祈禱しつづけた。その間、念阿は放心したようにそういう陰陽師を見たり、たねを見たり、あたりの墓石をながめたりした。

「たねに、祝詞《のりと》がこもった」

　陰陽師はいった。さらにかれは、

「耳を地につけてたねの言うのりとをきけ」

といった。念阿はそのとおりにした。なるほど地に耳をつけて根気よく地の音をさがすうち、たねが唱えているらしいのりとがきこえてきた。

「たねを口に入れてみろ。かならず腹痛をおこす。それは神が腹中に入った証拠だ」

と、陰陽師はいった。

念阿はそのとおりにした。嚙まずにのみくだした。はたして下腹に痛みのような感じがあり、それがあちこちに移った。念阿は、自分に神が宿ったとおもった。


実をいうと、この念阿という室町時代の乞食坊主はある日、鳥になってまっしぐらに飛んだというのである。それも将軍家御台所《みだいどころ》の日野富子の御殿に飛んだ。

それを飛ばしたのは、この阿倍晴道という大和からきた陰陽師であった。

「人間が鳥になれるのか」

と、うたがってはならない。すくなくとも当の念阿は疑わなかった。

三日三晩、陰陽師に連れ歩かされたあげく、念阿は人間やけものがもっているもっとも重要な機能である「疑う」という能力を、けむりのように無くしてしまった。

かれは陰陽師を信じた。

というものでもない。信ずるという機能はなお意思的である。

そういう意思すら、無くした。かれは陰陽師のいうがままの魂になった。

「おまえは、風だ」

と言われると、風のような顔になり、ふわふわと揺れた。

「おまえは、石だ」

といわれれば、事実石になったように凝然《ぎょうぜん》と草のなかにうずくまった。吐く息さえ糸のようにほそくなり、そのまま二時間も動かなかった。陰陽師はときどきそばへ寄って医師のように脈搏をしらべた。脈搏はかすかになってしまっており、このままてておけばついに絶えるであろう。そういうときは、念閑の催眠状態をほどいてやった。

「おまえは、鷲だ」

といってやると、念閑は両手をいっぱいにひろげ、波だたせつつ舞いはじめた。さすがに飛び立たなかったが、足だけはうごいていた。

「飛ぶぞ、飛んでいるぞ」

というと、直線に走ってゆく。走ってゆく途上、松の木が近づいてきたが、念閑の目にはそれが見えない。目は大きくひらいているのだが、何物も見えないのである。

ぐわっ
と、念閑は松の木にぶつかって、あおむけにひっくりかえったが、痛みも覚えないのか跳ねおきては走ってゆく。

陰陽師は、ついて走らねばならなかった。崖へさしかかった。

念閑は、宙空を走った。が、鳥でないかなしさでそのまま足をあがかせつつ落ちてゆくのである。

「死んだかな」

陰陽師は、崖からのぞきこんだ。死んでもかまわない。死ぬのは乞食坊主であり、陰陽師ではない。

陰陽師は藤葛《ふじかずら》をつかんで用心ぶかく谷底へおりてみると、念閑は死んではおらず谷底で倒れていた。手も足も傷だらけになっていた。陰陽師は、ささやいた。

「歩け」

そういうと、念閑は鷺が歩くようにして歩いた。鷺の歩き方が記憶にないらしく、にわとりの歩き方に似ていた。

(これは本物だ)

と、陰陽師はおもった。これほどに念閑の魂がわが所有《もの》になった以上、鷺として将軍の御所へ入れといえばかれはすぐさまそのようにするだろう。

その翌日、陽がやや傾いてから、かれら二人は市中へ出た。

（きょうこそ、この坊主を鷲として飛ばしてやる）

と、陰陽師の阿倍晴道はおもっている。それには、陽がもっと西へ傾くまで待たねばならない。

時刻を待つために、陰陽師は念閑を堀川までつれてゆき、河原へおりた。

「くたびれたなあ」

と、念閑は腰をおろした。

ああいう状態になっていないときの念閑はいつもの念閑である。ただどこか、目に青い膜が張ったような顔になっているが、他の者がみればそれも気づくまい。

「妙に疲れた」

念閑は、顔の汗をぬぐった。かれは毎日、風になったり石になったり鷲になったりさせられていることを、醒めているいまはすこしも気づかないのである。ただやたらと体が疲れていることにふしぎがっている。

「あんたと付き合っていると、妙に疲れる」

と、念閑はこぼした。

「気のせいだ」

「そうだろうか。それともわしのからだがどこかわるいのだろうか」

「いい顔色をしている。わるかろうはずがない」

「それはそうと」

と、念閑はいった。

「日野富子に本当に会わせてくれるのだな」

「会わせるとも。それもこの夕だ」

「この夕」

「いまから一刻《いっとき》ばかりのちさ。陽が西山に沈み、あたりが雀色になった刻限、おまえは御門を入るのさ」

と、陰陽師はいった。念閑がいつもの念閑でない証拠に、それに対し、

――ああ、そうか。

と、井戸から水でも汲むような当然さでうなずいたことであった。

「ところで」

と、陰陽師はいった。

「わしはこれほどまで心を砕いておまえを将軍の御所に入れようとしているのに、まだおまえから礼をもらっていない」

「おや、山の芋をもってきたはずだが」

（くだらぬことを覚えている）

と、陰陽師は、ちょっと心配になった。念閑が醒めすぎているのではないかとおもったのである。

「芋は芋でもらったが、あれでは礼が足りない。足りぬ分は、日野富子の手もとから出すようにせよ。……富子の」

と、陰陽師はいう。

「部屋には唐渡りの銀の燭台があるそうだ。それを盗んでわしによこせ」

「安い御用だ」

念閑は、無表情でうなずいた。陰陽師はほっとした。このぶんではまだまだ意識ににごりは残っている。

「どうだ念閑、そろそろゆくか」

「どこへ」

「知れたことよ、おまえがのぞむ日野富子の部屋へではないか」

陰陽師は、ふたたび念閑を催眠状態のなかにひき入れねばならなかった。

七

源四郎はこの日、洛北の鷹ケ峰まで所用あってゆき、帰路、堀川の土堤を通って南へもどろうとした。

(おや、念閑ではないか)

と、土堤から河原にいる人影を見おろしておもった。あとの一人は何者かは知れないが一人は念閑にまぎれもない。

(妙な男とつきあっている)

源四郎は、興味をもった。もともと念閑という男は自分の手下ながら得体が知れない。ここでこう様子をみておればあるいは念閑という乞食坊主を理解できるいとぐちでも得られるかとおもった。

ところが、意外であった。

(あの男、気がくるったか)

とおどろいたのは、念閑が河原でやっているしぐさであった。ちょうど鳥がなにかにとまっているように、念閑は小腰をかがめ、両腕を翼のようにうしろへやり、あごを突きだして立っているのである。

相手の男は、しきりになにかをつぶやいていた。声が小さく、源四郎の耳まではとてもきこえない。

そのうち、念閑が歩きだしたのである。よちよちと歩いてゆく。

（あいつ）

と、源四郎にはわかった。

（幻戯をかけられている）

とすれば、かけているあの男は何者であろう。指阿弥陀仏ではなかった。唐天子であるかもしれないが、しかし唐天子のような存在がその生《なま》の姿をこんな市中にあらわすだろうか。唐天子ではなさそうだった。ひょっとすると、例の陰陽師ではないか、とふとおもった。

（いかん）

とあわてたのは、かれらふたりが河原からこちらへのぼりはじめたからである。源四郎は真竹の藪へ身をひそめた。

やがてかれらが、藪の中を通ってひがしのほうへゆく。この藪の中の道は、この都では中御門《なかみかど》通といわれる。これを東へゆけば将軍の御所の塀につきあたる。

……………………

鳥になった念閑は、よちよちと歩いてゆく。陰陽師阿倍晴道は、その帯をつかんでそのあとからついてゆく。

(うまくゆくだろうか)

という心配は、当然ながら阿倍晴道にはある。心配どころか、十中八九この企ては失敗するだろうと陰陽師自身がおもっていた。

なにしろこの鳥になった念閑を、将軍御所の御門前で飛ばすのである。飛ばすといっても現実には念閑は走ってゆく。

門の番士が、気づかぬはずがない。見とがめてあとを追うだろう。

(あとは、どうなるか)

そこからさきはわからない。十に一つ、念閑と陰陽師に僥倖《ぎょうこう》がかがやけば念閑は門内にとびこんだまま番士の視野から姿をくらましてしまえるだろう。

なにはともあれ、門からなかへ飛びこむという勇気は、催眠状態にでも入っていなければいかなる豪傑にもない。陰陽師阿倍晴道がこれほどまで苦心して念閑を鳥に仕立てあげたのは、たったひとつかれから人間としての分別と臆病心を消してしまうだけが目的であった。

（飛びこんだあと、この坊主が殺されようと焼かれようと、わしには痛みも痒《かゆ》みもないことだ）

陰陽師は、そうおもっている。

将軍の館は、それが京の室町にあったがために、

「室町御所」

とよばれ、また単に、

「公方《くぼう》の御所」

とよばれたりしている。のちに豊臣秀吉がつくった聚楽第《じゅらくだい》や徳川家康がつくった二条城もおなじく天下の支配者の京都城ではあったが、しかし室町将軍の御所というのはそのような武骨なものではなかった。防戦用の高櫓《たかやぐら》などはない。堀はあっても石垣などはない。後世の石垣のかわりに堀を掘った土を搔きあげて土堤をめぐらせているが、それに枝ぶりのいい赤松をうえならべ、朝霞などがたなびくときは絵のようにその翠巒《すいらん》が映える。

建物なども、武家ふうでなく公家風《くげふう》であった。

いまの将軍御所は、五代前の将軍義満がつくったものである。都の者はそのあまり

な華麗さに、

「花ノ御所」

とよんだ。義満はこの正式の住居のほかに北山の山麓に別荘をたて、広大な庭園をつくり、そこに仏舎利《ぶっしゃり》をおさめる三階建ての装飾用の建物をつくり、建物ぜんたいに金箔《きんぱく》を張った。高名な金閣である。


……………………


陰陽師阿倍晴道は、鷲になった念閑を誘導しつつその御所を正面に見るところまできて、松の根方に足をとめた。

(門の番士がいる)

当然である。番士がふたり、門を警備していた。この時刻は退出する者が多く、このため門はひらいている。

「鷲よ、鷲よ」

と、陰陽師は念閑の耳もとでささやいた。二十ぺんもささやきつづけたあげく、

「鷲よ、おまえは天空を飛んでいる」

といった。そうささやくと、念閑は突っ立ったままゆるやかに首をまわしはじめた。

「鷲よ」

十分ばかり経ってからいった。

「鷲よ。あの公方の御所へ、まっしぐらに飛びこむのだ。邸内の北のほうに御台所の御殿がある。それへゆけ」

念閑は、なおも首をゆるやかにまわしていた。陰陽師は、当惑した。

(まだ十分ではないらしい)

催眠が、である。催眠が不足で、未だ人間としての思慮《はからい》の能力がかすかながらものこっているにちがいない。陰陽師はこのためさらに入念に術をほどこし、ねむりを深くさせた。

「飛んでいる、飛んでいる。さあ、つばさを大きくひろげた。突き入れるのだ、この御所のなかに」

といったとき、念閑は人業《ひとわざ》とはおもえぬほどの早さで駈けはじめた。つばさのつもりか両手を大きくひろげていた。

そのままの姿で、御所の前の広場を突ききってゆく。

門に入った。

あっというまのことである。ふたりの番士は、どういうものかそのことにまったく気づかなかった。

(おどろいたな)

源四郎は、別な木蔭からその様子をみていて、しばらく息を忘れる思いであった。

(なんと奇態なものだ)

人間というものが、である。念閑が駈け去ったあの早さは、人間業というものではない。地上に映る鳥の影のように迅《はや》く、鳥の影のように羽音がなく、気配がなく、一種、空気が動いたというそういう実感しかない。

顔も、異様である。先刻、堀川の藪かげで見た念閑の顔つきは、源四郎は生涯わすれられぬであろう。

——世にいう狐つきとは、ああいうものなのか。

とも思う。両眼に光りがない。両眼がまるい翳《かげ》のようにぽかりとあいているだけであり、なにほどの意思も表わしていなかった。唇が、なにかの亀裂のようにひらいていた。そのなかへ小さな羽虫が出たり入ったりしていた。

源四郎は、陰陽師阿倍晴道に近づいた。背後から、

「おい」

と低い声でいうと、陰陽師は飛びあがり、三歩ばかり横飛びに飛んだ。源四郎もすばやくそれを追い、肩をつかまえた。

「おれの名は、あの念閑からきいているだろう。熊野源四郎だ」

「あたしは、阿倍晴道」

と、陰陽師は、ふるえながら名乗った。右肩が砕けそうに痛い。

「いまのは、幻戯《めくらまし》か」

「おゆるしくだされませ。陰陽師ならばたれでもやることで。それにあの念閑というお方が自分から望まれたことでございます」

「おれにも掛けてみろ」

「あなたさまには通じませせぬ」

「なぜだ」

「お目を拝見すればわかりまする。どうかこの肩のお手を」

と、陰陽師は顔をしかめた。

「念閑はどうなる」

「あとは、あのお方の御運次第でござりまする。あの、お手を」

「いや、放さぬ」

「いいえ、逃げませぬ。逃げませぬゆえ、このお手を」

と、泣くようにいったが、源四郎は指を陰陽師の鎖骨に食いこませて放さない。放せばなにを仕出かすかわからぬということは、指阿弥陀仏や唐天子の例で知っているし、懲りてもいる。

「いままでのいきさつを話せ」

と、源四郎は力を加えつつ要求した。陰陽師は痛みで汗をにじませた。

かれは、話した。

源四郎はさらにその技術のくわしいことを話させた。陰陽師は、話した。

不意に源四郎は頭の血がさがってまぶたが垂れてくるような感じを感じた。

（あっ）

と気づいたときは、自分の右手が松の枝をつかんでいることを知った。知ったが、あわてなかった。かれは陰陽師が自分の背後にいることを同時に気づいていた。抜き打ちに斬れば斬れるであろう。

一方、「飛翔《ひしょう》」して門内に入った念阿はそのまままっしぐらに駆け、曲らなかった。まがって物を避ける能力をうしなっていた。

庭園に突き入り、そこに生えていた根あがりの松に激しくぶつかり、転倒し、気をうしなった。倒れどころがよく、萱《かや》の草むらに倒れこみ、動かなくなった。

が、すぐ庭番に発見され、番士がよばれ、騒ぎになった。番士たちにはこの乞食僧がどういう手順を経てこの御所のうちに入ってきたのか理解ができなかった。

「天から降りおちてきたのではないか」

と、たれかが冗談をいうと、ひとびとは冗談だとおもいつつもそれを本気にしたい情緒が心の奥でうごいていた。

「こういうのは、丁重にあつかわねばならない。ひょっとすると」

と、たれかが、小声でいった。みな真顔になった。ひょっとすると観音や地蔵の化《け》身《しん》かもしれぬという想像であった。この想像を正当づける材料はあまりに多かった。旅の僧が宿を乞うたのに泊めなかった長者が、その罰で没落した。その僧は観音であった。というたぐいの説話が、どの地方にもひとつやふたつはあり、真顔で語りつがれている時代であった。

この騒ぎを、日野富子の気に入りの侍女である嬉野《うれしの》が聞きつけ、その夜のうちに富子に話した。

「観音？」

と、富子は問いかえし、ひどく興味をもった。この女は、そういう類いのはなしはいっさい信じないたちで、ひとが、

——いいえ、そうなのでございますよ。

と神仏の不思議を説いたりすると、かさにかかってそういうことはない、と言い、それも声を高くしていう癖があった。この種の話に無関心なのでなく意地になって否定するだけに、それだけ逆に関心もつよいともいえるであろう。

「その僧をみたい」

といった。見て、はたして観音の霊異というものがこの世にあるものかどうか、この目で見、たしかめてみたい。

「もう夜でございますよ。夜、左様なものをごらんあそばしますと物怪が憑くと申しまする。朝になさいませ」

と、嬉野がいった。富子は、そう言われてみると気味わるくもあり、翌朝にすることにした。

念関は、その夜御所の番小屋に泊めおかれた。ふつうなら捕縛されるところを縄だけはまぬがれたのは、一同に「もしや」という怖れがあったからであろう。

念関は、醒めきってはいない。

かれは顔を打って気絶をしたが、このために陰陽師がかけた幻戯《めくらまし》の呪縛《じゅばく》が解けてしまったわけではなく、息を吹きかえしたあともあのうつろな状態はつづいていた。このうつろな状態からかれを解きはなつには、それなりの術をもってもとへ戻さねばならなかった。念閑は自分がどこにいるかがわからなかった。

「ここは、どこでございます」

と、何度も、番士にきいた。番士はそういう念閑の顔つきが気味わるく、ろくに答えずにいた。

念閑は、やがてねむった。寝顔が、どこか鳥に似ていた。

八

日野富子は、朝になるのを待ちかねた。

――まだ夜があけぬか、嬉野。

と、夜中に二度も次室に声をかけた。嬉野はそのつど、

「まだでございます」

と、歯切れのいい声で答える。癇のつよい女だけに、声をかけられるとどのように

眠っていても目をはっきりさます。

やがて朝がきた。

朝の化粧《けわい》をすませた富子は小娘のようにはしゃいでいる。退屈だけが充満している中世貴族のくらしのなかにあっては、たかが乞食坊主を見物できるというただそれだけのことで、これほどにこの御台所を興奮させているのである。

やがて、念閑が庭の白洲にひきだされた。その白洲には念のためにむしろを敷き、そのうえに白布をかけ、それを座にして念閑をすわらせた。もし念閑が観音であった場合、せめてそれだけのことをしておかねばあとの祟りがおそろしいとおもったのであろう。

嬉野が、ぬれ縁にすわった。地面には念閑の左右と背後に侍が片膝をついている。ひとりは弓をもち、他の四人は棒をもっていた。

やがて日野富子が、座敷にあらわれた。

(これは、ただの乞食坊主ではないか)

富子は、念閑のすみずみを仔細に見て、ちょっと失望した。ただ顔と胸だけはわからなかった。念閑はふかぶかと拝礼していた。

「面《おもて》を、あげさせよ」

と、富子は嬉野にいった。嬉野は役人に命じた。役人は念閑につたえた。

（さあ、いまからが狂言じゃ）

念閑は言われても顔をあげ惜しむように伏せ、腹のなかでおもった。

念閑は、じつのところ夜半に目ざめ、目ざめたときに陰陽師阿倍晴道からかけられていた幻戯が体のすみずみまで醒めはて、醒めたばかりか、自分がどういう理由と経《いき》緯《さつ》でこの将軍の御所にきているかもわかった。かれは自分自身の主人であることをとりもどした。

しかも便利なことに、あけ方、番士がふたりでやってきて、おかしな質問をした。

「おまえは、もしや観世音菩薩ではあるまいか」

というのである。

念閑は、すぐには理解できなかった。ぼんやり番士の顔をみていると、ひとりの番士はひどく神仏を畏《おそ》れるたちらしく、口のなかでしきりと観音経をとなえている。

（どうやら）

と、念閑は想像がついた。

（おれが観音の化身であるとおもわれているらしい）

そこは、苦労をかさねた小悪党である。これは観音になったほうがとくだとおもった。しかし念阿のずるさは、手がこんでいた。

「ちがう」

といった。観音が、いやさおれは観音だ、というはずがないとおもってのことである。

念阿は、極力否定をした。

「やつがれのような不徳の者が、なんで観音の化身でありましょう」

と、唇をことさらつぼめ、低いききとれぬほどの声でいった。

番士のうちひとりは「さもあろう、うぬは乞食坊主にすぎぬ」といったが、他のひとりは念阿が否定すればするほど、そのつぶやいている観音経の誦唱《ずしょう》が声高《こわだか》になった。

乱世には擬似宗教が流行するという。この念阿の生きた室町時代はそのようなものが未曾有にはんらんした時代であった。

念阿自身が、そのひとりである。かれは念仏をすすめあるくことで食を得ていたが、かといってかれは法然《ほうねん》の浄土宗の宗徒でもなく、親鸞・蓮如の念仏の徒でもない。かれ自身が、いわば宗祖なのである。

かれの念仏はいかにもあやしげなもので、奇妙な節がついていた。

——自分は夢で天衆に会い、天衆に袖をひかれて虚空《こくう》にあそび、天楽の奏せられるのをききつつ天衆から南無阿弥陀仏のまことのふしをおしえられた。

と、かれは言いふらして歩いている。かれは自分の念仏のことを、

「夢見念仏」

ととなえていた。この夢見念仏のふしをとなえるかぎり極楽往生はまちがいない、というのである。

かれのかせぎ場は、鴨川のひがしの蓮台野である。この野は貴賤の葬式が多く、みな悲しみでうちひしがれている。そのむれへ念閑は呼びかけるのである。

「夢見念仏を唱え候え。極楽往生うたがいなし」

そういう。物売りと同様である。しかしひとびとのほとんどは念閑を黙殺した。なぜならば、神仏の押し売りは念閑だけではない。

蓮台野だけでも百人以上は、念閑のようなあやしげな稼業の者がいた。

「題目をとなえたまえ。秘事題目を」

ととなっている者がある。南無妙法蓮華経を売る者である。その者どもも、ふつうの日蓮諸宗とはちがい、一種とくべつなふしまわしで題目をとなえている。どういう

わけか題目を売る連中はみな大声で赤ら顔で足腰も頑丈そうなのが多く、念仏を売る者は顔つきしなやかで唇許《くちもと》がやさしく、声は低く、ややうなだれ、その声調子《こわぢょうし》もわざとかぼそい。

客は、

「頼み入ります」

と、このように言って寄ってくる。それに対したとえば念閑の場合はそのあたりの草むらに客をつれてゆき、腰屏風《こしびょうぶ》を立て、そのなかに客をすわらせ、

「お耳を」

といって、その客の耳に念仏を吹きこむ。客はその節どおりに復唱する。しかし節が微妙なため容易におぼえられない。それを念閑は布施しだいでたんねんに教える。客がうまく節どおりに復唱できたりした場合は、念閑はひと声高く、

「決定《けつじょう》したり」

と叫ぶ。極楽往生が決定した、という意味である。

そういう稼業をしているから、念閑の本尊は阿弥陀如来であったが、しかしそれは念閑にとってなんでもいい。いま観音の化身かと思われはじめている以上、このさい阿弥陀如来をすてて観音になってもいいとおもいはじめてきた。なんの化身であるに

せよ、それは念閑の稼業であり、慣れてはいる。

「面をあげさせよ」

と、日野富子はふたたびいった。嬉野がそれを申しつぎ、最後に番士が念閑の背をコブシで突き、

「おおせだ。面をあげぬか」

といった。念閑は顔をあげた。

(なんと、まるい。……)

と、日野富子は念閑の顔のまるさにまずあきれた。これほどまるいというのも、異相といえば異相であろう。

(まことに異相な)

と感心しようと思ったが、それよりもさきに笑いがこみあげてきて、あわてて富子は扇面で顔をかくした。

やがて富子は真顔になり、この僧とじきじきの問答をかわしたくなり、その旨を嬉野に告げた。嬉野は、番士にいった。

日野富子の第一問は、

「そなたは、いずかたのうまれである」

ということであった。

念閑は懐中から経巻をとりだし、そのなかの西という文字と方という文字を指さした。

「西方《さいほう》か」

——左様にございます。

というふうに、念閑はゆっくりとうなずいた。かれは声を出さぬことにきめていた。言葉を用いぬということがどれほど神秘的な印象をあたえるものであるかを、この念閑は稼業がらよく知っていた。

「西方のいずれぞ」

「里数を知らず。われは仏国土のうまれ也」

ということを、経巻の文字を一つ一つひろいつついった。

番士は、文字を知らない。嬉野は知っている。その経巻をのぞきこまねばならぬために嬉野は白洲へおりてきて念閑のそばにすわった。念閑は乞食坊主に似合わず清らかな襟足をもっていた。それが嬉野の心をとらえた。

(このひとは、ただびとではない)

と、嬉野は、たったそれだけのことを自分で発見したということで、念閑に好意をもった。念閑という者を、できるかぎり世の常の者としては見たくなかった。

「うそ。仏国土のうまれなどという人間を、わたくしはきいたことがない」

と日野富子はいった。

念閑は、経巻を懐中に仕舞い、顔をあげた。

「おそれながら御台所さまは、この穢土《おど》に生をうけられて何人のお人と言葉をかわされました」

「無礼であるぞ」

と番士が注意したが、嬉野はむしろその番士のほうをたしなめた。

念閑のいうところでは人が一生のうちで言葉をかわす相手というのは身分や境遇によってちがうが、尊貴なる婦人ほどすくない。おそらく御台所さまのばあいはいままで二百人を越えぬであろう。それだけの人間知識ではわたくしの言葉に御理解はいきますまい、というのである。

「いま、そなたはどこにいる」

と、日野富子はきいた。将軍御所のお白洲に、というべきところを、念閑は、

「大浄土」

といった。かれは説明した。

「わが座するところはつねに大浄土でありますゆえに」

という。そういうたぐいの問答が、ざっと半刻《はんとき》（一時間）もつづいた。

九

その後、源四郎が心待ちに待っていたのに念閑は宇賀ノ図子にもどって来なかった。

——さては殺されたか。

と、当然ながらおもった。

しかし、悲しみもおどろきも覚えない。この悪政の世にあっては、人の死などはなにほどのこともない。死を見たければ鴨川にさえゆけば、毎日幾十となく餓死者のそれを見ることができた。

源四郎は、宇賀ノ図子のくらしにやや慣れた。

盗賊団の首領であるといっても、そういう表現から想像されるようなおそろしげな生活でも内容でもない。

ひまなものだ。

手下というのは、みななにがしかの生業《なりわい》をもっている。植木職《きつくり》、石運び、乞食、念仏師、加持師《かじ》といったたぐいの生業で、ただそのような仕事だけでは食えないから源四郎の木曾盗に入っている。

ときに耳よりな話がある。

「近江の草津の長者屋敷の蔵に、越前の生絹《すずし》が山ほど入っているそうな」

などときくと、人をあつめ、手はずをきめ、京を忍び出てその屋敷に打ち入り、それをかついで帰ってくる。

源四郎は、行かない。

首領はゆく必要がないのである。首領が首領であるのは、この欲だけの集団を力をもってまとめてゆけるという、そういう武辺あるがためであった。まとめることと、分配のときににらみをきかせることのために首領というものは必要なのである。

いわば、首領は分配役であった。首領に力がなければこの連中はたがいに分配をあらそい、組織は一日でつぶれてしまう。

「あなたさまは、じっとしていてくださるだけでよいのでございます」

と、古参の連中もそういう。

そういう配下のなかで植木職の男がやってきて、

「しばらく本業のほうが忙しゅうございます」

と、そのようにことわってきた。事情をきくと、将軍義政公が別荘をつくる、そのためめの植木の植えこみにやとわれるのだ、という。

「将軍はどこに別荘をつくるのだ」

「白川のほとりでありまするそうで」

後世、銀閣といわれたもののことであろう。

そんな話があって、そのあと石運びの男がやってきた。

「おまえも、やとわれてゆくのではないか」

というと、石運びはかぶりをふった。

「あの話はうそでございますよ。将軍《くぼう》さまはむかしの将軍さま（三代義満）が北山別荘（金閣）をお建てになったまねをなされたいということでございますが、なにぶんお金をお持ちあそばしませぬ。そのお金の工面がつくまで沙汰やみでございます」

という。さらに石運びは、

「それよりも御台所さまのほうがおもしろうございます。亭主のくぼうさまがそのような贅沢を思いつかれたというので、自分もなにか贅沢をしたいと思い、お金の工面をすることでやっきだそうでございますよ」

「女が、どういう贅沢をするのだ」

「どういう贅沢というより、ただ贅沢というものをしてみたいのでございましょう」

そんな話があった翌日、ひょっこり念閑がもどってきたのである。


「やあ、念閑ではないか」

と、源四郎は、土間に立ったその男をみておもわず大声を出した。念閑が居なくなって十日そこそこであるとはいえ、十年も待ちこがれたような、そういう懐しさをおぼえたのはどういうわけであろう。

「まずまず、あがってもらおう」

というと、念閑はおもおもしげにうなずき足を洗ってあがってきた。

どこか、様子がちがう。

相変わらず墨染の衣を着ているが、それは以前のような色のあせたやぶれ衣ではなく、麻糸のきりりとしたまあたらしい衣である。下に着ている白衣《びゃくえ》もどうやら絹ものであるらしく、その絹のやわらかさが、もともと色白なこの男の皮膚によくうつるのである。

「どうしたのだ」

「将軍《くぼう》さまのな、御台所さまの帰依僧《きえ》になりましたのでな」

と、念閑は言いつつすわった。

「気でもくるったか」

と、源四郎はいった。御台所の帰依僧などというものに乞食坊主がなれるはずがない。

戒を受けていない者は厳密な意味では僧とはいわない、ということは以前にのべた。そういう意味では遠いむかしの例でいう源平のころの武蔵坊弁慶は僧ではなく僧兵にすぎず、おなじく源平のころの歌人西行《さいぎょう》法師は、法師と通称されていても僧ではない。聖《ひじり》、沙弥《しやみ》、遁世者というべきであろう。

まして念閑は僧ではなく、僧をかたちどった渡世者である。それが従二位という高位の婦人の帰依僧にはなれない。

「一向宗の坊主でさえ、雲上のひとびとには近づくことができぬのだ」

と、源四郎はいった。かれがいうとおりであった。一向宗とは、本願寺のことである。この宗旨は鎌倉のころ宗祖親鸞があらわれて立宗したが、官立の宗旨ともいうべき叡山《えいざん》(天台宗)から弾圧され、親鸞没後はほとんど絶えたにひとしかった。ところが源四郎や念閑と同時代人である蓮如が出るにおよんで大いに天下に流行し、宗教勢力としては日本最大の存在になったが、それでも国家としてかれらは僧とみとめられていない。僧とみとめられるために本願寺はその後大いに宮廷に運動し、戦国期になってやっとそれが公認された。

なんといってもこの国では、官僧の二大集団である天台宗、真言宗の力が大きい。足利幕府もこの二大官僧勢力との調和に苦労をし、幕府の官制のなかに、

山門奉行

東寺奉行

のふたつの職を置いているほどである。山門とは天台宗叡山のことであり、東寺とは真言宗の京における本山である。

「おまえのような者を帰依僧にすれば、山門も東寺もだまっていまい」

「ところが、そのようなものに遠慮をあそばすようなお方ではございませぬよ」

「たれがだ」

「日野富子さまでござる」

「変ったおなごか」

「変っているもなにも、こわいものなしというのはあのようなお方でございまする

な。あなたさまも、大変な女性《にょしょう》に懸想《けそう》あそばした」

源四郎は、話のつぎをいそがせた。念閑はいった。

「わたくしは、将軍の御館《おんたち》では観音の化身ということになっておりまするよ」

「なんという悪党だ」

「いいえ、こちらから求めてそのように触れ込んだのではなく、むこうがなんとなくそう思っているらしゅうございます。それをわざわざ、めっそうもない、ただの乞食坊主でさ、ということはございますまい」

「御台所も信じておられるのか」

「いやさ、このお方だけは」

と、念閑は手を振った。

「乗りませぬな」

念閑のいうところでは、御台所の日野富子は最初はひょっとすると、というほどの気持はもっていたらしい。好奇心がつよく、もし念閑が観音の化身ならおもしろい、むしろ観音の化身であれと面白半分にそう願いつつ対面したらしい。

「最後には、御座《おざ》にあげていただきました。御台所とおなじ床《ゆか》の上にあがるなど、いま思うても夢のようでござる」

「それで」

「物語りをばしましてな」

と念閑はいう。

念閑は、御台所のいかにも慧《さと》そうな目をみて、これは騙すよりも正直に自分が観音ではないといったほうがいいと思い、そのようにいったという。

「おまえが、正直にか」

「ええ、正直に申しましたとも。大うそをつこうと思えば、平素無類の正直者であるということを思いこませておかねばなりませぬ」

観音ではございませぬ、と念閑がいうと、嬉野が感に堪えたようにうなずき、

——そうでありましょう。どの寺、どの霊場につたわっているそういう話にも、観音が自分で自分が観音であるとおっしゃられたためしがございませぬ、と横あいから笛を吹くように口を出し、念閑を嘆賞したという。

念閑は、いよいよ否定した。否定しつつ、

「自分にできますことは、夢見念仏と申す秘事法門をうけついでおりまして、ひとの耳の穴ふかくに念仏をささやきかけることによって極楽往生疑いなしという往生の決《けつ》

定《じょう》をして進ぜられることだけでございます」

というと、富子は笑いだし、

「では、おまえは阿弥陀如来の化身か」

といった。声をあげて笑っていながら、念閑をばかにはしていない。かといって念閑に対して神秘性を感じてくれている様子でもなく、

「つまり、どういうことでございましょう。手前を好きになられたわけでございますな」

「まさか」

と、念閑は源四郎に説明した。

「左様、まさか、この念閑を将軍御台所ともあろう尊貴な女性《にょしょう》が、仇《あだ》し男として好きになられたのではございますまい。ただこう、なんとなく」

念閑をおもしろい男、と見たらしい。そのおもしろさ半分、あとはなにかの魂胆もあって邸内に居よ、邸内の持仏堂の番でもせよ、百万遍念仏でも修《しゅ》してくりゃれ、といって帰依僧にしてくれたというのである。

「いったい、日野富子とはどういう女だ」

と源四郎はきいた。

念閑がひきあげてから、源四郎は考えこんだ。

(世の中のことというのは、なにもかも動いて変ってゆく)

という実感を、このときほどありありともったことはない。

源四郎が関東へくだる前の将軍の閨房の勢力は、側室お今の手ににぎられていた。

——一にも今参《いままい》りどの、二にも今参りどの。

と京の市中でいわれたものである。まだ年若かった将軍義政にすれば、お今がなんといっても格別だったのであろう。少年のころからお今が身のまわりの世話をした。夜の伽もした。義政に女というものを教えたのはお今である。側室といっても、ただの側室ではなかった。

(ところが)

と源四郎はおもう。

いま念閑が話していたところでは、お今に対する義政の寵愛は冷えはじめているという。これも当然であろう。義政はすでに堂々とした成熟男子であり、他にも多くの伽をする婦人を知った。いつまでもお今ではないし、むしろお今が、

——なにもかも上様のお身のまわりはわたくしがいたします。

という、少年のころの流儀で相もかわらずにおっかぶせてきては、義政もいや気がさすにちがいない。義政がそういう態度に出れば出るほど、年上のお今はあせり、いよいよ濃厚な態度で義政の心をつなぎとめようとするし、義政は義政で、お今が濃厚になればなるほどいや気がさすであろう。

他の婦人たちも、

——お今どのの年甲斐もなきあのいやらしさ。

といったふうの調子で義政の心をお今から遠ざけようとつとめているにちがいない。

このおかげで、正室の富子が大いにとくをしている。彼女はもはや輿入れ早々の娘くさい年齢ではなくなっており、産後ほどなく亡くしたとはいえ女児も生み、出産を経験して数年も経っている。自分の魅力がどこにあるかも知りぬき、その魅力をさらにつやめかせるべく演技するだけの智恵もでき、さらに男というものは女のどういうふるまい、表情、物言いをこのむかということも知りつくすようになった。

はたして義政の心は、富子に傾いた。自分の正室を、あらためて伽の相手として評価しはじめたのである。

その時期に、念閑は日野富子の帰依僧になった。富子は念閑に、

「念仏とは、極楽往生だけのものか」

と、きいた。たしかに念仏とは阿弥陀如来を慕い奉り、往生極楽をぶじに遂げるだけの単純な宗教的行動である。

「と申されまするのは？」

と念閑は質問の意味をはかりかね、富子の心を小ずるくさぐった。

「念仏で、加持祈禱はできぬのか、いろいろの現世《げんせ》のねがいごとが遂げられぬのか」

ときいた。富子はこの点では意外に無智であった。念仏では現世の利益《りやく》はない。しかし念閑は、うそをいった。

「他の念仏は知らず、手前のは秘事念仏でござれば、願いごとはなにごとにても」

かなえられる、といった。このことで日野富子はいよいよ念閑を重宝した。

唐天子

一

ひと月ほど経った。

その後念閑は室町の御所にとられてしまって、源四郎のもとにあそびにも来ない。

源四郎も、すこしは多忙になっている。

「兵法《ひょうほう》を教えてもらいたい」

とたのみにくる者が、日に二人か三人ほどあり、門人の数がふえてきてそれに稽古をつけるのにいそがしいのである。

「わしは兵法を教えない」

と源四郎は最初はそういって、こういうわずらわしさを避けようとしていたが、世間がゆるさなかった。

「和尚、和尚」

と世間では源四郎のことをそうよぶ。和尚とはお師匠のことか、とにかく僧侶でもない者をそうよぶのは、諸芸の教え手に対する敬称であった。

「兵法とはめずらかな」

とめずらしい一方でやってくるあたらしがりも多い。兵法はまだ勃興したばかりの芸で、京でさえその和尚はいなかった。

兵法とは刀術、剣術ということだが、「兵《ひょう》（一個の兵士）が身をまもり敵をたおす法」というわけで、後世の居合術や柔術に似た技術もすこしはそれにふくまれている。要するに戦場における兵卒の技術である。堂々たる騎馬武士の技術ではないから、身分ある侍は源四郎のもとにはやって来ない。

傭われの足軽、小者、寺の抱え者、祇園《ぎおん》あたりの神人《じにん》、乞食、加持師、念仏師、淀川べりの山崎のあたりに巣くっている川泥棒、商人《あきんど》の抱え者などといったふうの連中ばかりで、じつに品《しな》のさがるふんいきである。

稽古場は、宇賀《うか》ノ松原にきめていた。木刀をとって形《かたち》をおしえてやる。初歩の者にはひたすらに木刀をふらせる。

そんな毎日をおくっていると、源四郎はしだいに京の町びとから知られるようにな

人が使いにきては馳走《ちそう》にまねいてくれる。

ってきた。

京の大きな寺や富商などもなにかのときに源四郎に力になってもらおうと思い、人が使いにきては馳走《ちそう》にまねいてくれる。

この日、二条の土倉で馳走になった。

「つちぐら」

というのは、質屋のことである。江戸期以後の質屋とは規模のけたがちがっており、この源四郎の時代の土倉といえば、将軍や大名の質草もあずかってばく大な金を用だてるという存在で、京における有徳人《うとくじん》の代表的存在であった。

そこで酒を出され、したたかに飲んだのがわるかったらしい。

帰路、酔った。二条の土倉を出たのは、西陽が西山の松にかかった時刻であろう。それからふっつりと源四郎の姿がみえなくなった。宇賀ノ図子《ずし》にかえって来ないのである。手下や門人どもがさわぎ、ほうぼう心あたりをさがしてまわった。

「あの兵法の和尚なら、真如堂《しんにょどう》の山門わきを歩いているのをみた」

という者もあり、

「鴨川を東へ泳ぎわたっていた」

という者もある。もしも殺されたのではないとすれば、

——神隠しに遭っているのではないか。

というのが、なんとはない結論になった。

——神隠し。

というのは、この時代、たとえば水死や落雷死とおなじ程度の事件で、わりあいありふれている。村から急にこどもがいなくなる。

「神隠しに会ったのだ」

とひとはあきらめてしまう。十年も経ってからひょっこりそのこどもが村に帰ってくることがあるが、消えたときの年齢とすこしもかわっていないというのが、この現象の特徴であった。

が、源四郎のばあいはちがう。

かれはこの夕、したたかに酔っていたのである。土倉の屋敷を出て、まっすぐに宇賀ノ図子に帰ろうとした。

宇賀ノ図子は、洛南である。ところが源四郎の足は、北へむかっていた。

そこは酔っていたための錯覚だが、ひとつはまわりの空気が雀色に染まりはじめた黄昏《たそがれ》どきだったからでもあろう。

このたそがれのときを、源四郎の時代のひとびとは、
「逢魔《おうま》の時」
という。魔は夜よりもむしろ昼と夜のあいだの時刻に出てくるというのである。ひかりが薄く、往来で擦れちがうひとの姿は見えても顔の道具だてまではよくみえない。ふと近づいてみて相手の顔がまっ白で目も鼻もなかった、ということが多い。むこうから物詣での帰りか、宮仕えのいい女房がきたとおもって被衣《かつぎ》のなかの顔をのぞいてみると、顔はなく、台所のしゃもじであった。しゃもじが黄昏をさいわい浮かれ出ていた、というような信じがたいような、しかし実際にありげなはなしが、どこの巷でも語り伝えられている。ひとびとはこの時刻をおそれ、「夕ぐれ」というよりも、

——誰《た》そ彼《かれ》

といったのは、擦れちがうひとに対する恐怖がこもっているのであろう。たそかれとも言い、かわたれ、ともいった。

——彼《か》は誰《たれ》

ということである。

ところで、源四郎は酩酊していた。「誰そ彼」とか「彼は誰」とかいったような神

経がにぶくなっていた。

源四郎の前を、大きな赤犬が歩いてゆく。右のうしろ足がわるく、その足だけを棒のように突っぱって歩く。

——あの赤だ。

とおもって、源四郎はなんのうたがいももたなかった。この特徴のある犬は、宇賀ノ図子にいる。すでに老犬で、一日じゅう往来のわきで寝ていたから、図子に住むひとなら、たれでもこの犬を知っていた。

——なぜこの赤が、こんな二条の小路を歩いている。

ということに、源四郎はふしぎさをおぼえなかった。その点が、酔っていた。犬が、北にむかっていそがしく歩いてゆく。ときどき、ふりむき、源四郎を待つ。源四郎はなんの気もなくその犬についてゆく。

この犬が唐天子《とうてんし》が源四郎にあたえた妖異《あやかし》の影であったことにかれが気づいたのは、あとになってからのことである。

なんというだまされかたであろう。

相国寺《そうこくじ》のひがしの土塀にそって歩いているころは、すっかり日は暮れはててしまっていた。月がある。十四日の月で、樹のかげが路上に濃く、寺の屋根は銀色にひかっていた。

「ああ、いまお帰りで」

と、宇賀ノ図子で顔なじみの連中が、月光のかなたから現われ出てきては、月光のなかであいさつし、背後へ消えてゆく。

「やあ、結構な晩だな」

と、源四郎は上機嫌で会釈をかえしてやるのである。赤犬はもういない。居ないが、もはやここが宇賀ノ図子の入り口であることは源四郎はうたがいもしなかった。

——ばかなはなしさ。

と、あとで源四郎のくやんだことだが、ここはすでに京の北の一角である。相国寺を通りすぎれば、出雲路の里であった。

——これは、ちがう。

とは、源四郎はおもわない。なぜならばこの出雲路は都の鬼門にあたり、宇賀ノ図子と同様都の都心に住めぬ者どもがあやしげに棲みなし、大きな集落をつくっている。この点、源四郎のいる宇賀ノ図子とそっくりであり、そのまちのなかにまぎれこんでしまえば、これが出雲路であるのか、これが宇賀ノ図子であるのか、ちょっと区《あや》

別《め》がつかない。しかも、

「ああ、いまお帰りで」

と、顔見知りの宇賀の者がゆきあってはあいさつしてゆくのである。

「おっと」

と、源四郎の足もとをたいまつで照らしてくれる者がいた。

「あぶのうございますよ」

「なんの、だいじょうぶさ」

「よいご機嫌で」

と、介添えしてくれる。

「おれの小屋は、どこだ」

「お供いたしましょう」

と、その男はいった。

いつのまにか出雲路を過ぎ、足もとの踏みぐあいが、ちょっとちがってきた。歩くたびに音が立つのである。

「なんだ、おかしいではないか」

と、源四郎は、よろめきつついった。いつのまにか、板橋の上をわたっていた。源四郎は板を踏んでいる。

「ここはどこだ」

「ご心配要りませぬ」

結局、橋を渡った。あとで気づいたことだが、橋をわたれば、鴨川の洲である。洲のうえは森になっている。糺《ただす》ノ森という。森は北にゆくにつれて深い。森のなかに、古い社《やしろ》や、社家の屋敷がいくつか建っており、案内者はそのうちのひとつに案内したらしい。

源四郎は、その夜は自分がどこにどうなっているとも知らず、寝た。熟睡したわけではない。

かれは衾《しとね》の上にこそ寝たが、寝てからのほうが多忙だった。夢のなかにずかずかと白衣の小男が入りこんできて、

「おれが唐天子さ」

と、大あぐらをかいたのである。

二

（本当にこいつが、唐天子か）

と、源四郎はおもった。

これが唐天子だとすると、そのなまな姿をはじめて見たことになる。顔も大きいが顔の道具だてはそれ以上の不つりあいさで大きく、目も口も顔のそとへはみ出そうになっている。

「まれな顔だな」

と、源四郎はおもわず正直な声をあげたほどに感に打たれた。顔や目鼻だちの大きな人間というものは、それだけでもう他人を圧迫するものだが、唐天子はそういう奇相であるうえに顔全体に血がたえず駈けめぐっているような迫力があり、こういう両眼、顔にひたひたと見つめられると相手はもう立っても居てもたまらなくなり、逃げるか、吸われるか、どちらかしかない。

しかし源四郎は堪えた。唐天子のその大きな両眼を見ず、その頑丈そうなあご骨のあたりを見ることにつとめた。そうであろう。唐天子の巨眼はときに動く。横へ眼がゆくとそれだけ部屋全体がななめにゆがんだような錯覚をもち、その視線が下へ落ちてまぶたがさがると、とたんに部屋の光りが薄ぐらくなるような錯覚を感じた。

「すこしは、出来たな」

と、唐天子は体を動かさずにいった。出来た、とは源四郎の兵法のことらしい。

「以前とは、すっかり別人だ。どうも、われわれのにが手な人間になった」

源四郎は、だまっている。

ものをいうと、自分が崩れそうで、頭上に水を張ったたらいをのせているようにみずからの心の鎮まりを懸命にまもっている。

ただ、

(この男は、倭人《わじん》ではないな)

とおもった。倭人でないとすれば、韓人か唐人か。それとも天竺の波羅門《ばらもん》僧がこの国に流れつきでもしたのか。

「大丈夫さ、おびえずともよい」

と、唐天子はいった。

「源四郎。和主をたぶらかそうとおもってここにあらわれたのではないわさ。話そうとおもって、わぬしをここへまねいた」

髪の毛が、波だっている。その激しいくせ毛を頭上で無理にたばねてむすんでいるあたり、絵にある唐人の結髪風俗に似ている。

（べつにまねかれたわけではない）

と、源四郎は胸中でつぶやくと、おどろいたことに唐天子はひびきに応ずるように、

「そう、わぬしにすればべつに招かれたわけではなかろう。わしの幻戯《めくらまし》に魅かれひかれてここへきただけだ」

（わしは酔っていたのだ）

「そのとおりである。わぬしは酔っていた。醒めていればあの足は南にむかったろう」

（ここはどこだ）

「紀ノ森さ」

（ちっ）

と、源四郎はおもった。胸のなかのことばをあわてて掻き消し、なにもおもわぬようにつとめた。ふと思いつき、唐天子のあごから視線をはずし、そのひざに移した。

「あっははははは」

唐天子の声が、頭上で鳴った。

「もうわからぬ。わぬしの目が下に落ちた。素直になれ」

「わしも素直になろう」

と、唐天子はことばを継いだ。

「なんでもいい。わしに物をきいてくれればわしは正直に答える。わしの気持は簡単である。いま、いかようにしても、わぬしと仲よしになりたい。それだけのことだ」

「だまされまい」

源四郎は、用心した。しかし唐天子は獅子がじゃれるような顔をして、

「いやさ、わぬしがだまされる男かよ。わしはだまされるような人間にはだます。しかしわぬしは、醒めた男になった。醒めた男をだますようなむだはせぬ」

「昨夜、だましてここまで連れてきたではないか」

「あれは、わぬしがひどく酔っていたからだ。その酔いに、少々わしはつけ入ってみた。いたずらさ。許してもらわねばならぬ」

「あんたは、倭人ともおもえぬが、どこからきた」

「天よ」

と、指を天にむけたが、そう答えてすぐ唐天子はわらいだし、これはうそだ、といった。

「そのようにひとには言う。しかしわぬしにそれをいっても仕方がない」

唐天子はいう。

「わしは唐土《もろこし》のうまれだ。唐土でもっとも人の尊ぶ霊域が五台山であることはわぬしも存じておろう」

「きいたことがある」

「その山は地を抜くこと三千尺、夏なお寒くそのため清涼山といわれている。往昔《おうじゃく》いらい寺の数は多く、大きいものだけで三百という」

「わが倭国の叡山のごときものか」

「叡山を蚤の背とすれば、五台山は牛の背ほどに大きい。山中の僧俗三万。唐僧のみならず、西域《さいいき》異域の僧たちもここで修行をし、この倭国からもむかしはずいぶんと僧が渡来した。そういう倭僧の墓が山中におびただしくある」

「その五台山のなんだ、おまえは。僧か」

「僧ではない。五台山のある僧に帰依はしていたが、俗人である。しかし俗世のときの身分は皇帝であった」

「…………」

源四郎はだまった。うそも、つくならこれぐらいの大うそをつくべきものかもしれないとおもった。

「唐土に、北斉《ほくせい》という国があった。その北斉の高祖といわれる文宣帝こそわしだ」

「北斉とは、きかぬ国名だな」

「いまから千年ばかり前の国だ。わ、わぬしなど無学の者が知っていようはずがない」

「千年生きたか」

「生きられはせぬさ。千年前、北斉の文宣帝であったわしは、狂暴淫楽のかぎりをつくし、魏《ぎ》の皇帝をだまし殺した罪などもあって死後冥府《めいふ》の審判がわるく、このため無《む》間《げん》地獄におちたが、その後輪廻《りんね》をかさね、ようやく人間にうまれかわらされ、五台山の水汲み男になっていた。ところが水を汲むうち仏法に倦《あ》き、道教にゆき、仙術をおさめた。しかしながら仙術を悪用したために仙界を追われ、一舟をあたえられ、風をおこしてこの倭国へきた。それがこの唐天子よ」

(なにを世迷《よま》いごとを言ってやがる)

と源四郎はおもったが、しかし世の中というのは広大無辺だから、ひょっとすると唐天子のいう数奇な身の上も本当かもしれないともおもうのである。

ただ、

——ふん。そうかえ。

とあごをあげて聴いてやり、咄《はなし》を咄としておもしろがってやるだけで、唐天子の作りだすふんい気に惹き入れられ、魂もろともに魅せられてしまうような、そういう聴き入り方はしない。これも、兵法修行の一徳というものかもしれない。

（こいつをどうすれば打ち殺せるか）

という工夫が、源四郎には対座しつつ、三つ以上は思いうかんでいる。いますぐ殺そうと思えば抜き打ちざま真二つにできる自信は源四郎にはある。

いわば、唐天子は源四郎にとってたかがそれだけの存在である。唐天子の生命は、掌ににぎられている卵のように源四郎の手のうちにあるようなものだ。

その自信が、源四郎をして唐天子の魔術にかからぬ男にさせている。

唐天子は、源四郎の機嫌をとるような、卑屈な愛想笑いをうかべて、

「いやさ、こんなむだ話をしていてもはじまらない。じつは頼みがあるのだ」

「頼まれる筋はないよ」

「仲間だろう。われわれにとって」

「われわれとはなんだ」

「わし、わぬし、そしてもろもろの連中だ」

「連中とは？」

「幻戯師《めくらまし》、極楽誘いのにせ坊主、くぐつ、兵法つかい、といった連中だ」

「おどろいたな」

源四郎はおもった。唐天子は、そういう連中と兵法使いを一緒にしている。なるほどそういう奇妙な渡世の連中はこの天下になってから、にわかにわき出たようにこの世間に出、世間の裏街道ながらも勢いたけだけしく歩いている。しかし源四郎としてはそういう妖しげな渡世の者と兵法使いを一緒にしてもらいたくない。

「ところで、なにを頼みたいのだ」

「造作もないことだ。将軍の御台所《みだいどころ》日野富子を殺してほしいのよ」

（えっ）

とおもったが、源四郎は何食わぬ顔で、

「殺してやってもいいが、そいつは荷厄介というものだ。そこへゆくとぬしは仙術か幻戯《めくらまし》の大将ではないか。それをもってどうだ、殺してしまえば」

「古来、仙術や幻戯で人を殺せた例もなく、また殺すことはできない」

唐天子は、意外なことをいう。

人を刃物や毒で殺すということと人の意識に霧を吹き入れて騙すということとは根本からしてちがう、と唐天子はいうのである。仙術、幻戯の者がじかに手をくだして人を殺すようなことをすれば、そのあと術者として二度と術が効かぬようになるという。

「兵法は殺し、幻戯はだます。ふたつは火と水のようなもので、まるでちがう。たとえばわぬしがわしから幻戯を学んでそれを使うようになれば、かんじんの兵法はから下手になってしまう」

三

——だから。

と、唐天子はいう。

「殺すのは、わぬし、だますのはわし、という二道をかけてこれはやらねばならぬ。将軍御台所日野富子といえば、なんといっても大層な相手だ」

そのとおりである。幕府がいかに微力でいかに政治が乱脈しているとはいえ、室町の御所の奥ふかくにいる天下の貴婦人を一介の野の兵法者が、いかにさかだちしようとも殺せるわけがない。

「それでな」

と、唐天子は膝の前の板敷を人さし指でコツコツたたき、すーっと引いた。

「……と、誘《おび》き出すのさ、わしが」

「富子を」

「おうさ、御所から。わしも渾身の力をふるって一世一代の幻戯《めくらまし》をかける。富子が、物に浮かれ、物に憑かれてふらふらと出てきてどこぞの山の中へ神隠ししてしまう。それをわ、い、わぬしは討っ取れい」

「下知口《げちぐち》（命令口調）をたたくな」

「頼んでいるのだ」

と、唐天子はいった。

「わかった。しかしなぜ日野富子をそれほどまでして殺さねばならぬ」

「ご存じのお今のことよ」

と、唐天子がいう。

「お今が、あわれなことだ。将軍の寵がうすらぎ、むかし三魔といわれた権勢はしだいしだいに失せ、いまでは御所のうちで絹にくるまった木偶《でく》ノ坊同然になっている。そのうえ日野富子の実家の日野家からなにやらあやしげな気配がたえず働き、お今を亡き者にしようとしつこくねらいつづけている。こうとなればよろしく先んじて富子を殺すほかない」

「なるほど」

と、源四郎はしばらく考えた。やがて指を一本ゆるゆるとあげた。その指で唐天子の顔をさしつつ、

「ぬしはお今のために日野富子を殺すが、殺せばぬしにどういう利益がある。栄達か」

「ばかな」

唐天子は怒《いか》りをふくみ、意外にも少年のようなむきな表情でいった。

「ばかなことをいう。わしのように人外《じんがい》の人間に栄達などあろうはずがない。人間の世の栄達を思いはかるようになれば仙術も幻戯などという通力《つうりき》がうせるわ」

「失せても、栄達のほうがよいではないか」

「知らぬのだ、わしどもの世界を。人の世を幻戯の立場から見ていることがいかに楽しいものであるかを」

「すると、お今に惚れたのか」

「惚れはせぬ。女に惚れて仙術が使えるか」

「欲でもなく色でもないとすると、それほどまでしてお今につくすというのは何だ」

「わしはお今の憑き神よ」

と、唐天子はいった。

「お今を通して浮き世を楽しんでいる。わしら人外の者は、だれかに憑かねば人間をあやつる楽しみが出て来ない。わしはお今を日本一の権勢家にしようと思い、いままで懸命になってきたし、これからもそうだ。人間は欲と色で働くが、わしらは憑くというこの楽しみがあるために働く」


唐天子のような男の言葉には、片鱗も真実がない。かれが真実を告白している。告白としては真実もまじっているかもしれないが、それは巨大なうそをつくための道具にすぎないことを源四郎は感じている。

——いっさい信じるな。

と、源四郎は心のなかで何度も繰りかえし自分に言いきかせてきたが、しかしかれにも冒険心がある。

(乗ってやれ)

とおもった。

「よかろう。唐天子、ぬしの話に乗ろう。日野富子を斬ってやる」

「まぎれもなく?」

「ああ、まぎれもなく」

「しかし」

唐天子は、口約束が出来ると、急に態度をふてぶてしくした。

「口約束ではどうにもならない。わぬしの垢付きの肌着を一枚もらっておく」

「肌着を。なににする」

「のちの証拠さ。わぬしがもし将来《さき》において裏切るとすれば、この肌着が生きてくるさ」

「どう生きてくる」

「わぬしがどこに居ようとその魂を遊離させ、わしの手もとのこの肌着にまでよびよせることができる。いわば、約束ができた以上、わぬしはわしに魂を売ったようなものだ」

「ばかな」

信じられぬことであったが、唐天子ならばあるいはそれくらいの能力はもっているかもしれない。渡さぬに越したことはない、とおもった。

「ことわるよ」

「いや、いいのだ。もう頂いている」

と、唐天子はしずかにさがり、廊下にまで身を退《しりぞ》けてから、懐中から源四郎の肌着をとりだした。

源四郎は、驚いた。あわててわが身の肌をさわると、いつのまにか肌着がなかった。

「い、いつ、盗みおったか」

「いま。それもたったいまだ。頂戴しておく」

と、唐天子はいったが、うそであろう。源四郎が酔い寝をしているあいだにでもぬがし奪ったのかもしれないが、それにしても奇態である。いかに酔い寝をしていたとはいえ、肌着をぬがされてわからぬということはあるまい。

「されば、約束はできたぞ。いまの一件については後日、日を決め、時をきめてわぬしと会う。そのときは富子を殺せ」

と、唐天子はさがってゆく。源四郎は叩っ斬ってでもうばいかえさねば、とおもい、剣をとって跳躍した。

が、身が動かない。

(なにごとだ)

ともがくと、急に身を縛っている縄が解けたようにして身が自由になった。源四郎は目がさめ、はね起きた。

——夢か。

と、この奇怪な夢におどろき、いそいで肌に触れてみた。肌着がなかった。

——ここにたしか、唐天子がすわっていた。

とおもい、掌を走らせて板敷に触れると、板がまだなまあたたかかった。

源四郎は、関節が一時にはずれてしまったような敗北感をもった。

四

そのあと、源四郎は宇賀ノ図子の棲家にもどってから、考えこんでしまった。

(兵法は、役に立たなんだか)

ということである。どう考えても、唐天子の幻戯のほうがはるかに上らしい。

源四郎が関東での兵法修行中に目を洗われるような思いで感じたことは、兵法のもっている道理というものであった。こうすればこうなるという理が、兵法の根本であり、これほど驚嘆すべきものはない。人間何千年、いや何万何億年前から不可思議なものにおびえ、そのおびえ心があやしげな神を夢想し、あやしげな祈禱をつくり、あやしげな化生をこの世に跳梁させてきたが、人間もようやく進歩し、迷蒙からそろそろ醒めはじめたこの時代になって、兵法というものが出現した。人間がもった考え方のなかで兵法ほど力づよい合理性に満ちたものはなく、これを学べば、もはや不可思議なものに心を惑わされることはない。

源四郎は、そうおもってきた。

げんに京にもどった源四郎に対し、あの目利きの腹大夫でさえ、

——おぬしは、変った。

といってくれたし、指阿弥陀仏《ゆびあみだぶつ》と出会ったときも、かつてあれほど源四郎の魂をひきずりまわした指阿弥陀仏が、膝を折って源四郎に降参し、「あなたには、やつがれごとき者の幻戯がかからぬ」といった。大和からきたあの陰陽師《おんみようじ》もそうであろう。やや一瞬、源四郎は眩《めくら》むときがあったが、しかし源四郎の魂を宙天に飛ばすというようなことはできなかった。

──兵法の功力《くりき》である。

と、源四郎はおもい、みずからの力への自信をふかめた。

しかしそれが、どうしたことであろう。唐天子には、歯が立たぬようなのである。

(肌着をぬがされていてわからぬとは、兵法もなにもあったものではない)

兵法そのものが脆いものなのか。

それとも源四郎の兵法が未熟なだけのことか。そこのところがわからない。

「和尚さま」

と、この里の住人の一人が入ってきた。

「きょうは、宇賀ノ松原でお稽古をなさいませぬので」

「棒振りのことか」

源四郎は、わざと自嘲気味にいった。

「あれはしばらくやめさ」

午後になっても気が晴れず、町へでも出て雑踏を歩いてみようとおもった。柳ノ馬場のほうに、ちかごろ辻君のあたらしい巣窟が出来ているという。

ぶらぶら歩いてゆくと、五条のあたりで童子が出てきた。

「源四郎さま」

と、生意気にも名をよぶ。ふりかえってみると、九つばかりの少年で、貌《かお》、みなりともに妙に尊げであり、たとえば天子の御所に侍している者のような、そういう童形《どうぎょう》である。

「なんだ」

と、源四郎がおどろくと、童子は大きな袖をひらつかせながら近づいてきて、

「唐天子さまからの使いの童子です」

と、すずやかにいった。

童子は、歩いてゆく。

夕陽が、童子の背にあたって影がながながとその前にある。

(どこかで見たような)

と、源四郎はそのあとに従いながら、どうしてもそれがおもいだせない。

鴨川を五条で渡ると、童子の足は次第に速くなり、やがて坂にさしかかると、飛ぶような速度になった。童子のその歩度が徐々に速くなったため、源四郎は気づかぬまにかれも足を速めていた。速めるというより、なかば駈けていたといったほうがいいだろう。

道は、山に入った。このあたりの道はゆうべの雨にくずれて岩骨がのぞき、ひどくあるきにくい。

「すこし、ゆるりと行かぬか」

と言おうとしたとき、童子の足がとまり、源四郎をふりかえった。

「ここです」

「これは」

と、源四郎はおもった。太子堂ではあるまいか、と思い、そのかやぶきの屋根を見あげたが、たしかにそうである。三代将軍足利義満が若いころ護持僧にすすめられて聖徳太子を尊崇したことがあり、そのときこの太子堂を建てたが、その後かれはその太子信仰をわすれてしまい、自然この太子堂も世間からわすれられてしまった。

いまは、屋敷も朽ちている。源四郎は一度この東山の山ふところを通ったことがあり、そのとき雨が降り、いま見あげているこの太子堂に雨やどりした。

堂には、太子の木像がおさめられている。立像であった。その立像の両わきに従者の童子像が立っていたが、いまありありと思いだしたことに、その童子像の一体とこの童子とがそっくりであった。

「おい」

と、源四郎がなにか言おうとしたところ、童子はすでに堂内に入ってしまってい
た。源四郎も、入った。
が、堂内にはたれもいない。目の前に蜘蛛の巣があり、そのむこうに等身大の聖徳
太子像が立っており、その宝前《ほうぜん》にいつのころにたれが活けたのか、供花《くか》がしぼんで枯
れている。その太子像の脇童子のむかって左が、あきらかにたったいまここへ案内し
たあの童子であった。
「おい、童子」
と源四郎がよんだが、童子像は黙然《もくねん》として源四郎を見おろしているのみである。木
像は極彩色にいろどられ、その豊かな頬はごく自然な小麦色に塗られ、そのくちびる
は、生けるがように朱かった。
「おい、童子」
と、源四郎は手をのばしてその唇に触れたが、ただ無常なほどにぎすぎすしい木の
感触が指さきにもどってきたのみである。
「うぬは、妖怪か」
源四郎は落ちついているつもりであった。剣をゆるゆると抜き、その剣のみねで木
像の肩をこつこつとたたいた。

「源四郎さま」

と、そのとき木像の背後で少年の声が湧きあがった。

——錯覚だったか、やはり。

と源四郎がむしろ自分を責める気になったのは、そこにちゃんとさっきの童子が源四郎を見あげつつ、優しげな笑顔をみせているのである。

「こちらへ」

と、童子はいった。

「いや待て。わぬしは、生身《しょうじん》か」

「生身でございますよ、なぜそのようなことをおっしゃいます」

「童子、触わらせてくれるか」

「抱きあげてくださってもよろしゅうございます」

源四郎は、まず童子の肩、腕、胸のあたりに手をふれた。刃物をもってはいないかということを、まず調べなければならない。

最後に、懐ろに手を入れた。

「なんだ」

と、源四郎はあわただしく手をひっこめた。女であるようであった。胸のふくらみはどう思っても少年のものではなく十六ばかりの少女のものであった。

「なんと、おことは」

と、源四郎は言葉づかいをあらためた。

「娘ではないか」

「たれが男だと申しました」

「いやさ、そんな童形をしているからだ。そうか、娘だったのか」

「お気に召しませぬか」

「へらず口を」

「早く抱きあげてその木彫りの童子とどうちがうか、見くらべてご覧《ろう》じませ」

「娘ならば、抱きにくい」

と、源四郎は遠慮をした。かれのうまれて育った紀州熊野の山中には、処女《きむすめ》を熊野権現の巫女としてさしだすならわしがあるせいか、きむすめの清浄さをおそれる習慣を心のどこかにもっている。

「どこかできむすめを捨てて来い。それならば抱いてやる」

「こわい？」

と言いながら童子、いや少女は身をひるがえし、背をみせ、源四郎から遠ざかりはじめた。源四郎も、ごく自然にそのあとをついてゆく。

「おい。どこへゆく」

「御案内しているのです。こちらへ」

と、少女はいう。この堂はほんの小ぶりな民家ほどと思ったのに、どこまでこの奥はあるのかと音をあげたくなるほどに歩かされた。

「なんと、奥ゆきの深い堂だ。これならばまるで御所か城のようではないか」

「御所より広うございますよ」

と、このころには少女は両掌に灯明皿をのせていた。

「お疲れになりましたか」

と、その星のようにまたたいている灯明りがとまった。少女が、足をとめたのだろう。

「疲れはせぬが」

源四郎は、負け惜《あ》しみ《ない》をいった。

「いつになれば案内する場所にゆきつけるのかと思い、気くたびれがしている。もうすぐか」

「もうすぐでございますとも」

少女はいった。源四郎はうなずいた。源四郎はこの四角い堂内の壁のふちをぐるぐるまわらされているだけにすぎないことを、いまなお気づいていない。

五

太子堂の裏口を出ると、そこは小さな原っぱで、千草《ちぐさ》がしげっている。千草のまわりは山肌が屛風のようにかこみ、山のむこうには金粉を刷《は》いたような月がかかっている。

唐天子は野点《のだて》の茶でもするように草の上にあぐらをかき、源四郎をみると、席をゆずった。

「そこへすわってもらおう」

「いつ、ぬしに扶持をもらった」

と、源四郎は唐天子の命令口調が不快でもあり、言いなりになっておれば凧糸でもたぐるように相手は自分を自由にしてしまう。それをおそれ、立ったままでいた。

唐天子の前に、なにやら箱庭のようなものがこまごまと起伏している。

「おい、篝火《かがりび》をくべろ」

と、唐天子はその女童《めわらべ》に命じた。女童は甲斐々々しく薪を運び、つみかさねはじめ、やがて火を入れた。火は松のジンをとかしはじめたのか、たちまち音をたてて燃えた。あたりが、あかるくなった。

箱庭が、ありありとその風景を闇のなかに浮かびあがらせた。松があり、池があり、殿舎があり、回廊があり、築山があり、どうやら御所であるらしい。

「花ノ御所だ」

と、唐天子はいった。

(これが?)

源四郎はおもわずのぞきこんだ。

「見ておいても損はなかろう。わぬしは将軍胤《だね》だというし、やがてはこのなかに入れる身分になるかもしれない」

「そういうことはない」

「思っているだけでも法楽よ。天下何千万の生霊《いきりょう》のなかで将軍になれるのはつねに一人であとは指をくわえているだけだ。しかし夢で天子になって百官を率いようと、将軍になって幾多《あまた》の後宮を従えようと、それは融通三昧、自由自在で、地頭から叱られいる。

し、檜皮《ひわだ》ぶきの屋根はその栗色の色面に露をふくんでぼってりと重たげに闇に溶けて

その精巧さに、源四郎は驚いている。屋根瓦は月光を吸って、銀色《しろがね》に光っている

「ぬしが、作ったのかね」

るということはない。とくと見ておくことだ」

「存外な器用さだな」

源四郎がおもわずのぞきこんだのは、林泉のなかの池に月が砕けてきらきらと光っ

ているようにおもえたからである。

「器用なものか。おれは前世でもいまの世でもうまれてこのかたものというものを作

ったことがない」

「では、作らせたのか」

「京に、これほどのひながたをつくれる工人がいるかね。第一、松をみろ」

「左様、松がむずかしそうだな」

この花ノ御所には唐崎から移したという磯馴《そな》れの松があるときいていたが、このひ

ながたにもそれがあり、根のあがりぐあい、幹の這《は》い方、枝のまがりよう、とてもの

こと、これだけの松が鉢で作れるものではない。

「では、たれが作った」

「作ったのではないといっている。これは花ノ御所をそのまま縮めてここへもってきたにすぎない。みろ、人が歩いているだろう」

源四郎はしゃがみ、声をあげた。なるほど濡れ縁を女が三人いそぎ足で渡っているのである。

——声をあげた。

といったが、源四郎自身、さほどおどろいたわけではない。というより、驚きという、人間の心をそのためにつねに新鮮にしている精神の機能を、源四郎はうしないはじめていたといったほうが正確であろう。

「これは唐天子」

と、顔をあげた。

「ほんものの花ノ御所か」

「疑うなら、その侍女を見よ」

と、唐天子はいった。源四郎は屋根の軒端《のきば》にまで顔をちかづけて濡れ縁を渡ってゆく三人の侍女を見た。侍女は栃の実ほどの大きさで動いてゆく。

三人が回廊へさしかかろうとしたとき、一人がなにか声をかけ、奥へいそぎ、廁《かわや》らしいところに入った。他の二人はそれが用を足して出てくるまで待つつもりらしく立ちどまりじっと佇んでいる。

なるほど、そういわれてみるとこういうごく日常的な情景はほんものでなければちょっとありえぬであろう。やがて用を足した侍女が出てきて、三人がもつれるように回廊を渡りはじめた。

「その回廊を渡ればな」

と、唐天子がいった。

「むこうは北ノ方の館《やかた》さ」

「つまり御台所」

「左様、日野富子。わ、わぬしの好きな」

と、唐天子がいった。

「どうだ、わぬしも行ってみたいか」

「冗談ではない。これは幻戯《めくらまし》だろう」

「あたりまえだ。ただしただの幻戯ではなくて唐渡りの仙術だとおもえ」

「どうせ、夢なのだ」

「ふん、きいた口を。この世が夢か、仙術が現実《うつつ》か。わしは仙術のほうこそ現実でこの女などは夢だとおもっている」

「そう思っているのか」

「そう思ってこそ仙術が使えるのだ。わぬしも仙術がつかいたければ、そう思ったときに突如使えるようになる」

「突如」

「ああ、突如。術というものは突如ひらけるものだ。わぬしも、兵法を学んでそれは知ったであろう」

「知った」

「兵法など、現実を現実にするだけのくだらぬものさ。仙術を学べばこの世はすべて夢になる。仙術こそまことの現実になる」

「いまは現実か」

「ああ、この東山の奥にある花ノ御所こそうつつの御所よ。室町の御所は虚仮《こけ》よ」

「回廊を渡った」

「ながい回廊だ。その三人の侍女は、茶壺をとりにやらされたらしい」

「茶壺など、みえぬぞ」

「真ン中の侍女の両掌の上に載っているのだが、わぬしの目では見えにくかろう」

「いや」

と、源四郎は目をこらした。

「見えた。茶壺をかかえている」

とつぶやいたころには、源四郎はもはや唐天子の世界にひたひたと浸りはじめていたというべきであろう。

源四郎は、のぞきこんでいる。

栃の実ほどの小ささの侍女三人はやがて一室に入り、どうやら湯を沸かしはじめた。彼女らの手の指はとげのように小さく、その動作がなかなかわからない。

(なにをするつもりか)

と源四郎はさらに顔をちかづけ、目をこらし、仔細にのぞき見た。目が痛くなったが、それにも堪えつつ彼女らの手もとを見つづけていると、かゆを煮ようとしていることがわかった。

「わかった」

と、源四郎は顔をあげた。

「かゆを煮ようとしているのだ」

「よく見えたな」

と、唐天子はほめてくれた。

「わぬしは兵法をやったからそれほどに目がするどくなっている。なかなか、凡眼ではそういうこまかいところまで見えぬものだ」

(そうだろうか)

と、源四郎は、ふたたび顔を近づけた。その頭上で、唐天子の言葉がつづいた。

「もっと見ろ。やがて目が馴れて、ものすべてをもっとこまやかに見ることができる」

「やはり、茶壺だな」

と、源四郎はいった。侍女のひとりが茶壺をあけ、なかから茶をとりだしたのである。

「かゆはどうなった」

と、唐天子はきいた。

「いや、かゆは先刻からこの土鍋のなかで煮えているのだ。そこへ茶を入れて茶がゆを作ろうとしている」

「そこまで見えたか」

「見えた」

「茶がゆは、おそらく富子の夜食だろう」

「富子は、夜食に茶がゆを食うのか」

「贅沢なものさ」

と、唐天子はいった。茶の木がさほど広範囲に栽培されていなかったころだから、上等の茶をかゆに入れるなどは、唐天子がみてもぜいたくに思えたのだろう。

やがて出来あがったらしく、侍女たちはそれを椀に入れ、膳にのせ、膳を頭上にささげつつ部屋を出た。

廊下を渡ってゆく。

(富子の部屋はどこか)

と、源四郎は侍女たちの動きを、針のようにするどい視線で追った。

やがて一室の前にくると、彼女らは重い杉戸をひらき、しかしながらすぐ杉戸を閉めた。杉戸には獅子に牡丹の図が、丹青《たんせい》もあざやかにえがかれていた。

(見えなくなった)

と、源四郎は失望した。富子の姿を見ることこそ楽しみであったのに、これではどうにもならぬではないか。

「どうだ」

と、唐天子がいった。

「その杉戸のむこうに富子の部屋があるのだが、もう見えない」

「見えぬ。どうすれば見えるのだ」

「行けばよい」

「どこへ」

と、源四郎は杉戸を見つめながらいった。

「その花ノ御所へだ。わぬし、その御所へいまから行ってみぬか」

「行く？」

「その気になれば行ける」

行こう、とおもった。あの杉戸のむこうの富子の部屋に入れるとは、信じられぬほどの幸福であった。

「しかし、どうすれば行けるのだ」

「その気になったか」

「なった。どうすればよい」

「なにもせずともよい。そのまま歩いてゆけばよいのだ」

「歩いて」

「そう。自分の足が、好きなところへわぬしを運んでくれる。目をそらすな、その植え込みに、青い紀州石があるだろう」

「わからない」

「よくみろ」

と、唐天子は篝火から薪の燃えたのを一本つかみだして源四郎のひたいに近づけた。源四郎の眉がちりちりと焦げ、匂った。しかし源四郎はかまわず、その炎のあかるさをたよりに目をこらしつつ青い石をさがそうとした。五、六分もそうしていたであろう。

「あった」

とつぶやいたとき、その石は源四郎のそばに等身大の大きさで立っていた。樹木は星を突くようにしてそびえ、眼前に巨大な檜皮ぶきの屋根があり、寝殿《しんでん》ふうの建物が闇のなかを大きく占めている。

(これが、花ノ御所なのだ)

と、源四郎はあたりの闇を見まわした。背後に遣《や》り水の流れる音がきこえた。花ノ御所のなかで日野富子が住む一郭は公家ごのみの寝殿造りにつくられてあるようだった。源四郎は歩き、建物に近づいた。

奇妙なことに、自分の足音がきこえない。足もとは白い白河砂であり、当然大粒の砂のきしむ音が足をふみおろすたびにきこえねばならぬはずであったが、えりくずが舞い落ちたほどの足音もきこえないのである。

月光が、白河砂いっぱいの庭を照らしている。そこを、源四郎はゆく。往くが、いまひとつ奇妙なことに、自分の影がないのである。

――影がない。

というのは、源四郎にとって肌に粟粒の立つほどの恐怖であった。源四郎は立ちどまって自分の姿をきょときょとと見た。腰にはまちがいもなく太刀を帯びており、折り目のくずれた麻の袴は相変らず垢じみて重く、足には半かけの草履をはいており、どこからみても自分であることはまちがいなかった。しかし自分が自分である証拠ともいうべき影がなかった。もしここに鏡があったならば、源四郎はさらに驚いたに相違なかった。源四郎の姿は鏡に映っていなかったはずであった。

(影がない)

ということは、源四郎を奇妙に臆病にしたが、しかし歩みを開始し、やがて縁への階段を三つのぼって縁の上に立った。

(この縁だな)

先刻、侍女が渡っていた。そのために源四郎は十分に勝手を知っており、回廊を渡った。やがて杉戸の前に立った。

源四郎は金具に指をかけてひきあけようとしたが、岩のように重く、杉戸は音も立てず動きもしなかった。しかしふしぎなことに源四郎は杉戸を透過してしまい、杉戸の内側に入り、すらすらと畳廊下を歩いた。

六

源四郎は、畳を踏む。

踏みつつ、

——妙だな。

としきりに思うのは、踏みおろす足の裏にからだの重みも感じ、畳の感触も感ずるのだが、物音がいっさいせぬことであった。にわかに思ったことは、

（おれは、まぼろしではあるまいか）

ということであった。思うまもなく、それが実証された。廊下のむこうから侍女がひとりいそぎあしでやってきたのだが、源四郎とすれちがってふりむきもしないのである。

（見えていないのだ）

とおもうと、われながらぞっとした。かかった、かかった、と思った。唐天子の幻戯、もしくは仙術というものに——である。兵法者として、あきらかに敗北ではないか。

（こまる）

と考え、そこに佇んだ。いまここにいる自分は、果して自分なのか。

源四郎は、はげしくかぶりをふった。自分であろうはずがなかった。自分であれば他人から見えもし、影もあり、足音もするはずであったが、それらがまるで無い。無いものが、自分であろうか。

「唐天子」

と宙空にむかって叫ぼうとしたが、ちょうど夢の中でときどきこうなるように声がまるで出なかった。

（醒めることだ。醒めねばならぬ）

と、源四郎はおもい、醒めるためのあらゆる動作をしてみた。頰もひねってみたが、痛くもない。駈けてみたが、まるで体に抵抗がなく、そのむなしさがその動作をやめさせた。ついに思いつき、腰をさぐり、剣を抜いてみた。このことに、やっと成功した。

剣が、抜けた。その拍子にあたりの景況《ありさま》が一変し、源四郎のまわりの将軍の御所の装置がことごとく消え、ふたたび東山太子堂裏のあの千草の原の景観が身のまわりにあった。

もっとおどろいたことには、そこに唐天子がすわっており、唐天子などのことよりもそのそばに別の源四郎が居たことであった。源四郎は、空中（とおぼしいところ）に居る源四郎とおなじように剣を抜き、片手に持ち、剣尖をあげ眼前にかざしていた。それをみている源四郎と、千草を踏んで立っている源四郎は鏡でうつしたようにそっくりの姿態動作をしており、しかも鏡でうつしたときと同じように、眼下の東山にいる源四郎は左右がちがっていた。いまこれを思いそれを見ている源四郎は右手に剣をもっているのだが、眼下の源四郎は左手であった。

（だから、あいつはちがう）

と、源四郎はおもった。

おそらく眼下の源四郎は、源四郎の肉体であるにちがいない。肉体は、仏法でも仮りなものだという。ぬけがらにすぎず、現にぬけがらとして東山にいるのである。いま宙空にいる源四郎は、その肉体からぬけ出た生霊《いきりょう》というべきものであろう。魂が、いわゆる離魂し、遊魂になり、将軍の御所にさまよいこんでいたのであろう。

（これはいかぬ）

と源四郎は、わけもなくあわてた。唐天子に従順であらねばこのまま生霊である源四郎は三千世界をさまよい、ついにその肉体にもどれぬかもしれない。

源四郎は、もとの御所の畳廊下に戻った。

源四郎の生霊は、畳廊下を歩きはじめた。やがて水墨で琴棋《きんき》書画《しょが》をえがいた四枚ならびの唐紙障子のところまでき、すっとなかへはいった。

なかには、燭台が七つかがやいている。燭台は銀と象牙を用いた豪華なもので、それ一つをもち出しただけでも宇賀ノ図子の住人どもを十日ほどは養えるであろう。

（ぜいたくな部屋だな）

と、鴨居をくぐった。くぐった部屋は板敷でひろびろとしており、よく拭きみがかれているせいか、姿まで映りそうであった。しかし源四郎には影がないため映りようがない。

そのむこうに、大きな几帳《きちょう》がある。富子は毎夜そこで寝《やす》むのであろう。御簾がおりていた。その御簾ごしになかをのぞくと、女がふたりいた。

源四郎はすっと入った。

「たれ？」

と、女が顔をあげたのには、源四郎は息がとまるほどおどろいた。よほど癇がつよいのか、生霊である源四郎の気配を察したようであった。御台所日野富子である。

「たれも、おりませぬよ」

と、二十七、八の﨟女《ろうじょ》がいった。念閑から話にきいた嬉野とはこの女であろう。

それよりも、富子の姿に源四郎は驚いた。体を横にのばし、左ひじをつき、そういうすがたで嬉野とむかいあっているのである。

それだけではなく、例の茶がゆの土鍋がかたわらにあり、嬉野がそれを椀に移し、木のさじをもって富子にそれを食べさせているのである。

(なんだ、この女は)

と、源四郎は百年の恋も醒めるおもいがした。源四郎の脳裏でいまのいままで息づいていた日野富子とは、このような女ではなく、芙蓉の峰のように気高く、美しく、それだけに冷ややかでひとを容易にちかづけぬ、いわば神に近いような存在であった。

「お熱うございましょう？」

と、嬉野はいった。

うん、というように富子はうなずいた。嬉野は扇子をとりだし、指であやつって半ばひらき、その木さじの上の茶がゆをあおいだ。

（ふざけてやがる）

と、源四郎はおもった。

（女なんざ、裏へまわればこういうものか）

ともおもった。

「はい」

と、嬉野は木さじを富子の唇に近づけた。富子は木さじのはしを唇で啣《ふく》み、小さな音をたてた。

（なんの音か）

と源四郎は一瞬うたがったほど、それは美しい音であった。なんのことはなく、それはかゆをすする音にすぎなかったが、源四郎にはすくなくともそのようには聞えなかった。

源四郎は、嬉野の横、富子の伸びた膝のあたりにすわった。

「変ね」

と富子はいった。

「首筋に風があたっているような」

と、富子はいう。なるほど源四郎はその富子の白いうなじを見つめてしまっていたのであり、富子にそういわれてあわてて目をそらせた。

こういうことも、源四郎の身にそなわった運の妙味といえるかもしれないが、富子と嬉野の会話が、まったく意外な内容であった。とにもかくにも、金、金、のはなしである。

「お金が、ほしい」

と富子は、話のあいまあいまに溜息がわりにそう言う。

嬉野は、そういう女あるじに従順なわけではない。むしろ反対であるらしく、ときに、

「どうして御料人さまはそのようなのでございましょう。公卿の日野家におうまれあ

そばされ、この日本国の仕置をする征夷大将軍、源氏の長者のもとに御輿入れなされ、その御台所という、日本一の尊貴なご身分におなりあそばされておりまするのに、なぜそのようにそれ以上のことをおのぞみあそばす」

「ばかな」

富子は、寝ころびながら笑う。

「嬉野が、もし一刻《ひととき》でもこの富子の身になればそういう無理解なことはいうまい。この身が、いかにつまらないいかが、よくわかるだろう」

「もったいないなや」

嬉野は、いそぎ念仏した。

「そのように欲の上に欲をかさね、際限もなく我意をお育てになればゆきつくところは地獄でございましょう」

「欲が、際限もないと？」

と、富子は、顔をあげた。

「左様でございます。欲をお抑えなさることこそ、往生への道であるとどの上人も聖《ひじり》も申されまする」

「欲が、私に多すぎるというのか」

「はい、まことに」

「おどろいた」

富子は、しんから驚いたような顔をして、

「私ほど、この世でわずかしか望まぬ者はないのに」

といった。

「御料人さま」

と、嬉野が富子の思いちがいをさとそうとすると、富子は体をおこして、それをおさえた。

「嬉野、そなたはまちがっている」

と、ゆるゆると語りはじめた。富子の語るところ、あるいはもっともであるかも知れない。富子は公卿の日野家でうまれたが、これは天意であり、富子が望んでそういう宮廷貴族の家にうまれたわけではない。

そのうえ、富子は将軍の御台所になった。これも富子が野望をたくましゅうしてその位置を得たわけではなく、足利将軍家は元来、公卿の日野家からその正室をむかえるということを慣例にしていたにすぎず、たまたま富子が適齢で、しかも御台所になるにふさわしい麗質があったというだけのことなのである。

「私が、かつてどういう欲をもった。無欲で、ただこう、うまれたままにすごしてきたにすぎないではないか。いま、そのことに退屈した。いまのくらしがつまらないようにも思えてきた。それでこう」

と、富子は両掌をひらいた。

「ぱっと華やいだくらしがしてみたい。それが、お金。お金をうんで、この館に積みあげることよ」

七

源四郎は、かたわらで――といっても富子や嬉野にとっては自分たちのかたわらにそういう男がすわっているとはむろん知るよしもないが――その話をききながら、

（こういうものか）

と、人間の欲というものの奇怪さにおどろいてしまっている。富子が、金銭というものに異常な情熱をもっているということは念閑からもちらりと聞いたが、そのときはたかが念閑のいうこととおもって意にもとめなかった。ところがいま富子のつややかなからだを見、そのからだから出る肉声をきき、そのまるで極彩色のような執念を

知った。

（どういうことだ）

と、考えこんでしまった。富子は、この国におけるもっとも高貴な地位におり、物事になんの不自由もない。それでなおかつ、金銭をほしがるというのは、どういうことであろう。

「おれは、かつて」

と、源四郎は富子の耳にむかって言った。むろん、きこえはしない。

「人間の欲というのは、生きるがために必要なものだとおもっていた。金をほしがるのは金によって食物を得、飢えることからまぬがれるためであり、金によって衣を得、こごえることからまぬがれるためのものだとおもっていた。色欲は子孫を得んがためのものであり、もしひとに物欲がなければ飢えて死に、ひとに色欲がなければこの世に人間のたねは尽きてしまうと、そのように思っていたがどうやらちがうらしい。欲は、欲としてそこにあるらしい。必要であろうがなかろうが、欲は欲として在り、欲は欲のために欲を発揮するものらしい。おまえをみて」

と、源四郎は、ひどくぞんざいな、しかし親しみをこめたよび方で富子をよび、

「おまえをみていて、そのことがわかった」

「私の化粧料はね」

と、日野富子はいった。嬉野にである。

「丹波に一ヵ村あるだけだよ。将軍の御台所などといっているが、田舎の小大名にもおよびはせぬ」

「それで、十分ではありませぬか」

「十分かえ」

と、富子は、目だけを嬉野にむけた。

「その化粧料のなかからおまえの扶持が出ている。とても十分な扶持ではないが、おまえはそれで満足しているのかえ。もしかりにだよ、私が死ねばおまえはどうする。この御所から出てゆかねばならないだろう。もはや扶持もなく、その日から乞食さ。すこしは貯えができるだけの扶持米がほしくはないかえ」

と、富子は、公卿の姫そだちとはおもえぬほどに機微を心得たことをいった。彼女にすれば、この金もうけの手足として働かさねばならぬ嬉野の、まずその欲心を刺激し、それをふるいたたせようとしているらしい。

嬉野も、おもわぬことではなかったのであろう。それに、自分にも分け前があると知らされ、それが彼女の思想を即座に変えさせた。

「それはもう、考えないわけではございませぬけれど」

「けれど。なにえ？」

と、富子は、底意地のわるげな微笑をたゆたわせつつ、嬉野を見つめている。

「いったい」

と、嬉野はいった。

「どのようにして御台所さまがお金をもうけなさるのでございましょう」

議論より、それがかんじんであった。女が、しかも将軍の御台所たる貴婦人が、このせちがらい世の中でどのようにして稼ぐのか。まさか侍女たちのあたまに物をのせさせて市で物を売らせようというのではあるまい。

「ではございますまい？」

と、嬉野はいった。

富子は、はじけるように笑いだした。いかにもそのからだの底に秘めている精力が並みはずれたものであることを感じさせる笑い声であり、弾みようであった。

「嬉野は、ホホ、そのようなことを。ばかじゃな。考えていたのか。それで、ホホ、怖れて居やったのか。ばか」

と、小指で嬉野の右のほおを突いた。痛うございます、と嬉野は本気で抗議した。

「お爪で、傷が」

と、ほおをおさえ、不機嫌な顔色を露骨にみせた。こういう顔色をあるじに対してみせるというのもこの時代というものであろう。かつての鎌倉時代の武家の従者というのはこういうものではなかったが、世がくだり、秩序がみだれ、世のあるじというあるじに威信がうすらぎ、従者という従者はそのあるじに対しておそれというものをさほどにいだかなくなっている。この時代にあらわれた狂言で、太郎冠者《かじゃ》がそのあるじの大名をあほうあつかいにしてからかうというのもこの時代の気風であろうし、文字のある公卿たちが、

——いまの世は下剋上《げこくじょう》。末おそろし。

となげくその下剋上ということばと現象が草野のむぐらのようにはびこりはじめたのもこの時代であった。中世という、人間の階級や人間の秩序のきびしさが、あらゆるところで崩れはじめ、とどまるところなくくずれつつある世なのである。

もっとも、嬉野が、ほおのかすり傷を大げさに痛がってみせたそのしぐさも、そうした、つまりこの室町の末世という時代の背景からきたほんの小さなしぐさだが、かといって嬉野が富子に下剋上の心をおこしているということではあるまい。狎《な》れてい

るのである。主人に対し従者が狎れごころをもつのも、この時代の精神のひとつとい
えなくはないであろう。

「大げさに言いやるな。ほんのちょっと、爪あとがついただけではないか」

「でも、顔でございますよ」

「いまさら顔が商売の辻君に出るわけでもあるまいに」

「でも、御台所さまがもしおなくなりになれば、この嬉野は辻君にでもならねばなり
ませぬ」

「おお、そのこと」

富子は、話をもどさねばならない。

「左様なことがないように、嬉野もたっぷりと金銀をためて壺に詰め、土に埋《い》けてお
かねばなるまい。よう思案をせよ」

「その思案が」

なかなか思いうかばないのである。

欲が、思案をうむものらしい。日野富子は、これだけつよい物欲をおさえかねてく
らしているだけに、なにをどう思案すれば思案が銭になるかということを、そばで聞

き耳を立てている源四郎もおどろくほどによく知っていた。

「私は公方《くぼう》さまにもすすめているのだが、明《みん》へ銭買いの船を出すのが、いちばんいい」

と、富子はいった。

——明へ銭買い船を出す。

というのは、対明貿易のことである。もっともこの貿易は、近世の貿易という意味とはすこしちがう。

大明帝国というものに対し、日本は属国であるという立場で官船を送る。いわゆる入貢であり、明の皇帝へ貢物《みつぎもの》を贈るという形式をとるのである。日本の物産を「貢物」としてもってゆくと、大明帝国ではそれを殊勝であるとして受けとり、明における時価で買ってやり、明の銅銭をもって支払ってくれる。支払うというより、明の帝室から日本国に対し銅銭が下賜されるのである。足利三代将軍の義満は、この入貢貿易で大いに味をしめた将軍であった。

「どれほど大きな利を得られたか、気が遠くなるほどだ」

と、富子はいった。

このために義満は日本を、明の属国であるという立場に置き、かれは明から日本に封《ほう》ぜられた藩王であるという姿をとった。この点は、同時代の朝鮮や琉球もおなじであったであろう。義満などは死んだとき、明から恭献王というおくりなを与えられたくらいであった。

ところが義満が死に、四代将軍義持の代になると、この入貢をやめてしまった。日本の国威にかかわるということで朝廷が大いに反対したためであった。

この入貢貿易をやめたために、幕府の財政は大いに疲弊した。

もともと足利尊氏がおこした室町幕府というのは、最初から奇形であった。尊氏はおおぜいの地方武家の勢力に支持されて天下をとった人物だけに、天下をとるや、日本六十余州のほとんどの土地を諸大名にわけてしまい将軍家の領国はわずかしかなく、このため武力も財力も、成立した最初からとぼしかった。金と軍事力の点では、将軍家をしのぐ大名がいくつもあったが、それでもその諸大名が将軍家をたおして自分が将軍になろうとはしなかったのは、上古からつづいてきている日本人の血統信仰のおかげであろう。

「足利家は、源氏の本流である。源氏の本流でなければ将軍になれない」

という無邪気な信仰が、将軍家の存在をかろうじてささえているにすぎない。

それにしても、金である。

将軍家には、金がない。

「公方さまにも明へ入貢することをおすすめしたのだが、じっさいは昔のようなおもしろい利はないらしい」

明もおとろえているのだ、という。日本人がもってくる貢物を、義満の時代のような高直《こうじき》では買ってくれず、ひょっとすると損をするくらいだという。このため、現将軍の義政もこのことにはなんの関心ももっていない、と富子はいうのである。

「たとえ」

と、富子はいう。

「明へ入貢船を出すにしても、利を得るのは公方さまで、私ではない」

「そうでございましょうか。御台所さまもお船をお出しあそばせば？」

と、嬉野は、無責任なことをいった。

入貢船は、ふつう一艘ではゆかず、船団を組む。その船団のなかには将軍出資の官船もあれば、大名が出資している船もあり、天竜寺や大和多武峰《とうのみね》などの社寺が出資している船もある。そのなかに御台所の資本による船があってもおかしくない、と嬉野はいうのである。

「そんなこと」

富子は、気乗りのしない顔でいった。

「遣明船を出すためには明へゆるしを得るための使いをやらねばならないし、むこうの許しが出ても、こちらでそのための船を傭ったり、資本《もとで》をととのえたりするのが、大変も大変、気が遠くなるほどのことえ。それに、途中で風浪に遭って沈めばもとも子もなくなるし、たとえ船が沈まなくても、帰ってくるには一年以上かかる」

「そんなこと」

うつろな声で、嬉野は語気だけははげしく富子をはげました。

「なんでもないではございませぬか。永楽通宝を船いっぱいに積んで帰ってくることをおもえば」

「嬉野がやってくれるかえ」

「わたくしはとても」

と、嬉野はあわてて膝をひいた。そんな大層な事務を、女の自分にやらされてはたまらない。

「有徳人に請け負わせておしまいになればよいではございませぬか」

「いやだな」

と、富子はいった。有徳人に請け負わせることがいやなのではなく、とにもかくにも遣明船のような船を出すという、そういうわずらわしいことがいやなのである。

「なぜ」

「私は女だから」

と、富子は言う。

「男はね、おかねがほしいとおもえばさまざまな手を考え、さまざまなことをする。たとえば、もつれた糸を根気よくほぐすようなそういうわずらわしいことを」

さらに、いう。

「しまいにはもつれた糸をほぐしてその糸をなににつかうという目的《めあて》をわすれて、もつれをほぐすというそのことだけがおもしろくて熱中するほどになる。しかし女はそういうばかなことは致しませんよ」

「女は？」

「じかにおかねをつかむことを考える」

「まさか」

と、嬉野は不安になってきたらしい。

「御台所さまは、ひとのお伽をなさろうというのではございますまいね」

「それができればどれだけいいだろう。たとえば一夜千貫文で有徳人にこのからだを売ってあげる」

「ばかな」

源四郎の生霊が叫んだ。


叫んだことがわるかったのかどうか、源四郎の視界が、にわかに変化した。富子と嬉野の姿がうすれはじめ、やがて消えたのである。

(どうなったのだ)

と、源四郎は膝を立て、やがて膝をのばし、そのあたりを駈けまわっていまの情景が自分の前によみがえってくれることを望んだ。

「朝だよ」

と、唐天子が、そこにいた。源四郎が気づいてみると、もとの太子堂の裏、千草の原の上にいる。草を踏み、夢中で駈けまわっている自分を発見した。

「わぬしの生霊が、御所から宙を飛んでもどってきたのさ。いまわぬしのからだのなかに入った。なにもさわぐことはない」

さらにその理由をいった。

「いま、陽が昇ろうとしているからだ」

と、唐天子はそういう。太陽のひかりの下では生霊は活動できぬのだという。

陽が、昇った。

源四郎は草の上に尻もちをついた。ひどくつかれた。ちょうど高熱でも発しているようにふしぶしが痛み、腰骨がゆるみ、瞼をあげている力さえなくなり、やがてのめりこむように草のなかに倒れた。そのままねむった。

目がさめたのは、太陽が傾きはじめている時刻である。

目がさめたとたん、激しく吐瀉《としゃ》した。しかし胃液のようなものを吐いただけで、なにも出なかった。よく考えてみると、昨夜からなにも食っていないのである。

源四郎は、ふらりと立った。目の下の肉が削げ落ち、顔に血の気がなく、どうみても廃人のようであった。

(山を降りねばならない)

ということだけは、かれの意識はかろうじてかれに命令していたが、他のことについては意識は乳色に濁り、なにを考える力もなかった。

どの坂をどう降りたのか、ふもとのあぜ道にたどりついたときは、すねも腕も血だらけであった。何度か、ころんだにちがいない。

そこに農家がある。

老婆が軒下に立っていたが、ゆらゆらと通りかかった源四郎をみておどろき、声をかけ家のなかへつれこんでくれた。

「これ。どうなされた」

と、いろり端にすわらせ、源四郎の顔をのぞきこんだ。親切な老婆であった。よほど空腹であるらしいことを見ぬいて、葛湯《くずゆ》をつくってくれた。気つけに酒ものませてくれた。そのあと、ものも食わせてくれた。

源四郎の顔に、やっと生色がよみがえったとみると、老婆は自分のことのようにおどろき、いろいろ物を訊いた。

しかし源四郎はぼう然としている。

「きっと、もののけに遭ったのじゃ」

と、老婆は断定した。

老婆の娘らしい若い女が、最初は気味がわるかったらしく源四郎のそばに近づいてこなかったが、やがてその娘も老婆と一緒に介抱してくれるようになった。

源四郎は、いままで息災であった。風邪をひくか、腹を冷やす程度の病いはあじわったが、これほどの苦痛は経験したことがない。

「加減はどうだえ」

と、老婆がときどきのぞいては源四郎のひたいのあぶらをふきとってくれるが、答えるにも声が出なかった。

内臓が、のたうっている。口から臓腑がはみ出そうになるほどの苦しさであり、人間の肉体というものが、これほど人間を苦しめるものであるかということをはじめて知った。

——吐くかもしれない。

と老婆はおもったのか、娘に耳だらいをもって来させた。源四郎はその耳だらいをちらりとみたが、剝げてはいても厚がさねに塗った黒うるしのものであり、とうていこんなあばらやに置かれているしろものではない。その耳だらいを持つ白い手が、源四郎のかすかな視界に浮き、動き、消えた。

一晩、苦しんだ。

苦しみがすこしうすらぐと、

（あいつだ）

という呪いが突きあげてきた。唐天子《とうてんし》のことであった。この苦痛はまぎれもなくあのえたいの知れぬ男の技術がもたらしたものであろう。唐天子に生霊《いきりよう》を抜かれ、生霊が浮游し花ノ御所をさまよった。そのあと、ふたたび生霊が源四郎の肉体《ぬけがら》に飛びこんだ。生霊が、源四郎のどこから脱け、どこから入ったのかわからないが、とにかくいまのこの苦痛はそういうことに原因しているに相違なかった。

生霊が生身《いきみ》からひきはがされ、ふたたびむりやりに生身へ詰めこまされた。それであるらしい。

——せっかく学んだ兵法が、このざまか。

とも、あえいでいる息の下でおもった。兵法が、なんの効も源四郎にもたらさず、唐天子の思うがままにいたぶられてしまった。

かといって、兵法がついにだめかとは源四郎はおもわない。兵法の敗北ではないであろう。源四郎が兵法的人間になりきっていなかったということであろう。

夜が白むと、苦痛がうすらいだ。陽が昇りはじめたころにはあれほどの苦しみが、溶けたようになくなった。

源四郎は、床の上にすわった。

「召しあがりますか」

と、耳もとで声がきこえた。そこに白がゆがおかれていた。

——とても。

と、源四郎はくびをふった。食べる気がしなかった。

「どうも、はずかしいところを見せた」

と、源四郎は娘のほうは見ずにいった。娘のことよりも、唐天子である。

(いつかは斃してやる)

と、息を吐くごとに思った。生かしておくべきやつではないであろう。

「あの山中で、唐天子という者にお遭いになったのですか」

と、娘の声が、頬の右のほうから聞えた。源四郎は、その質問におどろいた。

「唐天子を、知っているのですか」

「いいえ」

当然、知るよしがないであろう。娘は昨夜源四郎の口からきいた。源四郎はひと晩じゅう、その名を口走っていた。

娘は、不自然なほど目が大きすぎることをのぞいては、なかなかの美人であった。

その大きな目を恥じるように、娘はほとんど目をあげない。そのくせ、膝の上の指さきはたえず動き、絡ませたり解いたりしている。

「母御は、東国のひとか」

と、源四郎はきいた。東国から坂東、奥州にかけては目の大きな婦人が多いように源四郎は兵法修行のころおもったことがある。

「いいえ」

と、娘はいった。母はたしか出雲からきたと申しておりましたが、という。

「ははあ、出雲とは存外な」

と、源四郎はいわでものことをいった。出雲は、目の細い、一重のまぶたの女人が多いことは世間でよく知られている。色が白く、皮膚のきめがぬめやかで顔の奥ゆきが薄く、全体が嫋《たお》やぐようなよわよわしさを感ずるのが出雲の女人であるといわれるのは、土地が海ひとつで韓《から》に接しているからであろうか。京の公卿《くげ》は、こういう女人をこのむ。

伝統的に好んできている。美人とは、京の公卿にあっては出雲ふうのみめかたちがその基準になっていた。かれらは王朝のむかしから出雲へ人をやり美人をさがさせ、その女を京につれてきて児をうませる。女児をうませたがる。女児がもし美人ならば宮廷にあげて天子のお側に仕えさせ、皇子を懐妊する可能性が生ずるからである。公卿の宮廷政治のかんどころは、いかにして天子の外戚になるかということであった。

（しかしこの娘は、出雲の血をひいているとすれば、半分だな）

と、源四郎はおもった。からだのたおやかさと白さだけであろう。

「名は、さわらび？」

と、源四郎はきいた。あのくるしみのなかでも、この娘の母が娘をそうよんでいたことを源四郎は耳の底にのこしていた。

娘は、おどろいて目をあげた。

――よくご存じでございますね。

というような、小さな感動がその目にこもっていた。

源四郎は、すこしさわやかになった。結局は椀をとりあげた。

食べはじめると、意外に食がすすむ。三椀のかゆをたいらげ、四椀目の椀を出そうとしたが、しかし考えた。

（この母娘、貧しかろうに）

ということである。部屋のぐあいをみてもどうやら男はおらぬようであった。この生きにくい世に、女ふたりでどのようにしてくらしているのであろう。

しかし源四郎は、椀を出した。

娘は塗り板でそれを受け、台所のほうにひっこんでゆく。ふたたびあらわれ、源四郎にささげた。そういう挙措が礼にかない、とうていこういう凡下《ぼんげ》の暮らしをしている者とはおもえないのである。

(この母娘の力になりたい)

と、源四郎はおもった。

貧しければ銭を工面してやり、盗賊がおそえば立ちふさがって防いでやろうと思った。とにかくも源四郎は四杯のかゆに感動した。

さわらび

一

この日は、終日、薄ぼんやりすごした。すごしたというより、母娘が源四郎をそのようにすごさせてくれたというべきであろう。そういうあたり、心憎いばかりに気持のゆきとどいた母娘なのである。

鳥の声が、終日きこえていた。

(京に田舎あり、というが)

と、源四郎はおもった。まことにそのことばどおりのたたずまいであった。

源四郎は、家の裏の縁に端居《はしい》してぼんやりすわっていた。頭上に東山の翠巒《すいらん》がかぶさっている。縁のそばを、ちょうど庭の遣り水のように小川が流れている。

陽がかげるまで、そのようにしてすごした。

夕食の給仕は、母親のほうがしてくれた。あらためてながめてみると、小柄な、気品のある婦人である。

(意外に、老女ではない)

それが、おどろきであった。髪が白いために源四郎の最初の印象にくるいがあったのだが、皮膚のつや、唇のあたりの張り、声のつややかさから察して、まだ四十にはなっていないかもしれなかった。

「お国は、どちら」

と、母親がきいた。そういうききかたにもどこか威に似たものがある。

「紀ノ国、熊野です」

「ほう、して都へは」

なぜのぼってきた、ときく。源四郎はしばらくだまった。まさか将軍になりたくてのぼってきた、とは気はずかしくていえない。

「すると、地頭どののお供をなされて都見物にでも」

そうおもうであろう。地頭とは田舎のそこそこの領主のことだ。その家来で、その供をしてのぼってきたような、そういう田舎侍めいたところが源四郎にはあるのであろう。

「いいえ、地頭の家来ではありませぬ」

「すると、社家の」

と、母親はきく。熊野は熊野三社の神領だから源四郎は社家の家来のようにおもわれても仕方がなかった。

「いえいえ、この身にはあるじはありませぬ。この世のたれからも扶持米というものは参りませぬ」

「それはお気楽な」

母親は、好もしげに笑ってくれた。源四郎もついさそいこまれて笑ったが、そのきかれたかぎり、こちらからも相手の身の上をきかねばならないとおもった。この時代は、いわばそれがかるい礼儀であった。

「ご本貫は、出雲とうかがいましたが」

「ご本貫というようなよき素姓ではありませぬ。たしかに、生国は出雲ではありますけれども」

「なぜ都に」

「誘うひとがあり、誘われて若いころ、御所のみずしどころの奉公にあがりました」

みずしというのは、台所仕事である。雑仕女《ぞうしめ》というところであろう。

「都にあこがれてついつい生国をすてたがために罰があたりました」

都は魔性である。ひとの運命《さだめ》をおもわぬほうへ変えてゆく、と母親はいう。なにやらよほどのわけがあるのであろう。

よほど数奇な身の上らしい。それに、この婦人は自分の数奇さを語って語り酔いする性分であるらしく、

「ご存じでありますか、かような歌を」

と、今様を口ずさみはじめた。

ただなにごとも

ゆめまぼろしや　水の泡
笹の葉に置く露のまに
あじきなの世や

低いが厚味のある、いい声である。それに思いがうたに籠っているらしく、目もとが陶然としている。

そのとき娘のさわらびが酒器を運んできて源四郎にも注ぎ、母親にも注いだ。杯は、千成瓢簞を切ったままの尻のすわらぬうつわであり、注がれればそのままひと息に飲みほさねばならなかった。

「ああ旨や、この酒」

といいつつ母親はたてつづけに三杯をのみほした。

想えども
想わぬふりをして
しゃっ
として居りやるこそ

底は深けれ

語りはじめたことがらは、なるほど意外で数奇である。

彼女が御所の台所《みずしどころ》の雑仕女をしていたところ、ある夕、神に近きひとがあらわれて手をとらせたまい、一室にいざなって抱きすくめたもうた。

「神に近きひととは？」

「申すもったいなし。想像なされよ」

と彼女がいうからには、それは帝《みかど》であろう。しかし帝が台所などに姿をあらわされるであろうか。

「さればこそ数奇」

と、母親はいう。そのとおりである。

ところがその夜から三日に一度はあらわれたまい、ついに三月になり、人の口にうわさがのぼるようになった。

「御所のことを、ご存じでありますか」

と、母親はきいた。源四郎はかぶりをふり公方の御所は知らぬでもないが、みかどの御所は存ぜぬ、というと、

「それならば申しますが」

と、母親はいった。彼女がいうのに、天子が台所仕事の雑仕女《みずし》に通じたまうようなことは古往今来まれなのだ、という。天子には歴とした後宮があり、後宮の婦人――中宮、女御《にょうご》、更衣といった高貴な婦人たちはことごとく公卿の出である。一人一人の婦人たちに公卿の背景があり、どの婦人の実家方《さとかた》も皇子を懐妊されることをひたすらに祈り希《のぞ》んでおり、そのためには僧におびただしい喜捨をして祈禱や加持をしてもらったりしている。そういうなかにあって天子が後宮のそとの婦人に手をのばすなどはありうることではなく、もしそういうことがあれば大騒ぎになり、その女は御所を追われなければならない。

「で？」

「追われたのです。この娘をすでに懐妊しておりながら」

と、母親はいった。

そこが、帝の御所なのである。

（わけがわからぬ）

と源四郎はおもうが、そうらしい。御所は公卿の府である。公卿の娘が帝の寵をうけて懐妊するならいいが、それ以外の者の娘が懐妊することはゆるされない。

——たとえ由緒ある在所武士の娘がそうなっても、だめです。

と、この母親はいった。

「公卿だけの世界です」

という。

むろん、ながい歴史のあいだには宮廷にもさまざまなことがあり、帝が賤女《しずのめ》を近づけたり賤女にこどもを生ませたりすることは絶無ではないが、しかしそれは帝の御子としては認められない。

むろん、特殊な場合はある。しかるべき公卿がその賤女を養女にして自分の屋敷でうまれたということにすることもあるが、しかし多くは——ことに宮廷の衰微したこの室町期にあっては——その妊婦を放逐したまま、産んだ子のゆくえもさがさない。

「私が、つまり」

それなのだ、と、母親はいった。ただし、暮らせるだけの米は半季ごとにとどけられてくるという。

「帝のもとから？」

と、源四郎はきいた。そこが重要であろう。養育費がおくられてきているということは、御所が彼女の娘を帝のたねであるとみとめていることであった。

「いいえ」

と、母親はかぶりをふった。そういう次第ではないという。

「すると、しかるべき公卿のもとからでも送られてきているのですか」

「なんの」

公卿にそういう親切心などあるものですかと母親はいう。たとえ同情する公卿があったとしても、いまの公卿は幕府と特別な関係にある公卿以外は、他人に扶持をやれるような余裕をたれもがもっていない。

「御所の馬寮《めりよう》からくるのです」

と、母親はいう。

馬を飼う役所である。右馬寮、左馬寮という二つの役所があり、王朝はなやかなころはさぞ充実した役所であったであろう。しかしここ二、三百年来、そういう役所は名のみがあって実体はない。こんにちにいたっては御所のどこをさがしても一頭の馬もいるかどうか疑問であった。

しかしこの場合、御所としてはこの母娘に手当をつかわすにあたり、この役所の名によってつかわせば後難はあるまいと考えたのであろう。

手当の名目は、

「馬をあずけておくからその飼葉《かいば》の費用《しろ》として」

ということであるという。

「よほどの智恵者の考えたことですね」

と、母親は水のような表情でいった。馬の飼葉料としておけば後日、名乗っても出られない。その証拠もない。証拠になるのはもらっている飼葉料だけだが、それを証拠として訴え出れば、

――それならば、馬ではないか。

といわれてしまう。

滑稽きわまりない。本当なら内親王であるべきさわらびは、御所の役所の帳簿では馬なのである。帝は雑仕女をして馬を生ましめられたのであろう。

二

「……巌《いわ》の上をはしっている」

と、母親は突如、別な思い入れをしてそういうことばをつぶやいた。なにか、歌で

も言おうとしているのであろう。

「……?」

源四郎は、まどった。巌の上でどうしたというのであろうか。

「そう。巌走る……」

と、母親がくりかえしていうと、

「垂水《たるみ》(滝)の」

と、そのとき入ってきた娘があとをつづけた。この母娘はどこかおかしかった。

結局、古歌のことである。

「もう一度、いってください」

「巌ばしる垂水の上の早蕨《さわらび》の萌《も》え出づる春になりにけるかも」

「なんでしょう、それは」

「古い御代の勅撰集のなかに入っている歌です。ながい冬がおわって春が、垂水の落ちてくるいわの上にもきた。そこにさわらびが萌え出はじめている」

「それがどうしたのです」

「春でしたよ、このさわらびがうまれましたのは。それでね、馬寮の下人《げにん》がやってきて、そのような古歌を示し、さわらびと名づけよといったのです」

「馬寮の下人が」

「というのは、使いでしかありませぬ。本当は帝がそうおおせられたのでありましょう」

「すると、馬寮の下人は勅使ということになりますね」

「そうなります」

と、母親は断定した。馬寮の下人ふぜいが勅使になるなど古往今来きいたことがなかった。しかしこの母親も、そしてこの娘も、自分たちの作りあげた（としかおもえない）伝説のなかで生きている。

「本当でしょうか」

と、源四郎は首をかしげた。

しかし、母親はよほど寛容なのか、それともこう信じている自分を客観視するかしこさと余裕があるのか、源四郎のぶしつけな疑問をとがめなかった。

「そう信じるのです。このように信じて生きて行ってもたれもとがめますまい。この娘の誕生のときに帝王の勅使が立った。これほど華やかでうつくしい伝説を、おかねで買えますか。私は唐船いっぱいの永楽銭をもってきてもこの伝説だけは売りませんよ」

「たれも買いますまい」

と源四郎は言おうとしたが、さすがに言えなかった。このあいだも母親の目が、源四郎をのぞきこんでいる。

「あなたにも、伝説がありますか」

「私にも」

と、源四郎は言いかけて絶句した。よく似たことだが、源四郎の父親は将軍であった。熊野の巫女《みこ》であった母親が、くりかえしそれを物語った。ひょっとするとあまりにも貧しく苦しい現世《うつせみ》のくらしに色ぞえるために母親はそのようなことを作りあげて源四郎に教えたのかもしれなかった。

「私にもある」

と、源四郎はいった。

源四郎は、母から教えられた自分の伝説を語りはじめた。

自分自身ではもうなかば信じていないが、しかし母がなんども聞かせてくれたことだけに、語りはじめると変に迫真感のある話になった。

「ふむ、母御が熊野巫女で?」

と、この家《や》の女あるじはくびをのばして聞き入った。母が熊野巫女で、六代将軍義《よし》教《のり》が熊野もうでの途次、一夜の伽《とぎ》をなし源四郎を懐妊したというはなしはいかにもありげなことで、たれがきいてもまんざらのうそとはおもわない。

源四郎もこの母娘の身の上をきいたあとだけについ話に身が入り、ときに涙ぐみ、ときに歌のことばのような修辞も自然に口から出て、われながら胴がふるえるほどに感動してしまった。

「美しいお話よの」

と、母親はときに叫ぶようにあいの手を入れた。ときに、

「そのお話、草紙《そうし》にせばや」

ともいった。草紙とは物語本のことであろう。この時代の日本人どもはどういうわけか創作がすきで、創作を読む習慣も津々浦々にひろがり、そのうち義経《ぎけい》記やお伽草子などのすぐれたよみものも出来、また能のための創作説話も多く書かれはじめている。母親が「草紙にせばや」といったのは、そういう時代のこころのあらわれであろう。

「結末がないから、草紙になりますまい」

「とは」

「わたくしが都に出てきてめでたく将軍になったとすれば草紙にもなりましょう」

「ほう」

母親は、急にあきれ顔になった。

「あなたはそのために都に？」

出てきたのか、と問うた。先刻、なぜ都にのぼってきたと彼女が問うたとき、源四郎はことばをにごして答えなかったが、いまにいたって彼女はその理由をきいた。

——あきれた。

というふうに源四郎の顔を見つめている。

「伝説《はなし》は伝説、はなしのあいだでこそこういうものは美しいもの、それを本気となされてあなた、あなたは将軍になるために都にのぼってきやったのか」

と、ひどく軽蔑したような顔をした。

「いや、本当なのだ」

源四郎は、心にもなくそれを力説した。証拠の品もあるのだ、といった。

「どれが証拠の」

「これです」

と、わが衣装をさし示した。麻の、下級の侍の着そうな装束であり、どうみてもこれは将軍の衣装ではない。しかも雨にうたれ、垢にまみれてその汚なさは類がない。

「それが」

母親は、さし示した。

「ほかにあの太刀」

と、源四郎は背後をさし示した。銅《あかがね》ごしらえのいかにも粗末なものである。

「おほほほほ」

と、母親は急に笑いだした。

「あの御太刀が、もったいなくも公方さまの御太刀で」

と、笑う息の下で、苦しげにいった。


このさわらびの母親にすれば、滑稽だったたであろう。源四郎が、

――これが六代将軍のお形見である。

といっている物品の粗末さは、それを指摘してやるのも気の毒であった。

「左様さな」

源四郎は、意味もなくつぶやいた。源四郎にもこの形見という品の粗末さには、とっくに気づいている。かれはその佩用《はいよう》の太刀をひざの上にのせた。

「せめて」

と、母親がのぞきこんでいった。

「それが黄金《こがね》づくりでありましたならばな、すこしは」

信憑《しんぴょう》されるに足るであろう。あわれにも、安公卿の雑掌でも帯びるに恥じるような銅作りなのである。

「切れるのでございますか」

「それが」

源四郎は、正直な若者であった。あまり切れぬ、といった。

源四郎は目釘をはずし、つかから刀の中子をぬきとった。

なかごには銘が入っている。出雲の鍛冶の名である。

「これは」

と、母親は声をあげた。出雲のうまれだけにこの鍛冶の名を知っている。田舎でもあまりひとに相手にされぬ草鍛冶の名だった。

「この鍛冶、ご存じですか」

「いまでも存命でありましょう。藤原信時と申し、刀はあまり打たぬとききましたが」

「刀を打たぬというと？」

「鍬などを」

と、母親はいおうとしたが、それではこの若者があまりに気の毒であり、その説明だけは言うをひかえた。

「とにかくよい刀ではない」

源四郎は、くびを垂れていった。この刀では、自分が六代将軍の遺児であるなどということを世間にいうことははずかしかった。

母親は、気の毒になってきたらしい。

「まあ、よいではありませぬか。われわれだけのあいだでひそひそとそのことを語りおうておれば」

「われわれのあいだ……」

源四郎は、つぶやいた。われわれとはこの母娘とこの源四郎ということであろう。この一つ仲間は、世間からはみ出た一種の落魄者という点で共通していた。その落魄者同士が、一方は天子のおたねと言い、一方は将軍のおたねといっている。

——哀しいものだな。

と、源四郎はわれながらおもった。

「夢でございますもの、夢のなかだけでも綺羅をかざっておればよろしいのでございますよ。――たとえ」

と、母親は言葉をつづけた。

「あなたさまが征夷大将軍におなりあそばして六十余州の武家をおひきいになっても、そのご生涯は夢の夢でございますよ。夢であるとしますならば、このいぶせき苫《とま》家《や》でみます夢も、夢ということではおなじこと。および儚《はかな》し」

(そうかなあ)

源四郎には、そういう気分がまだわからない。この世が夢であるかどうか、これからそれを試めすべく生きてゆこうとしている年齢なのである。

三

紺地の天に、金泥でひと掻き掻いたような月が、細くするどくかかっている。その真下に、源四郎がとまっている母娘の家があった。

裏に、縁がある。縁のほんのむこうに蟬ノ小川に似たかぼそい川が瀬音をたてていることは、すでに源四郎も知っていた。

(耳につく)

と、源四郎は寝所でおもった。まったくあの瀬音のやかましさは、堪えられない。低く高く、ときに人語をささやくようである。もう夜半であろうが、源四郎はねむれない。

(さわらびが、隣りで寝ている)

ということも、源四郎にとってはねむれぬたねであった。

この家の構造には、後世のような唐紙障子というものがなかった。部屋はしきいや障子で仕切られておらず、古ぼけた几帳一つが隔てになっているだけである。この几帳の幕《とばり》をくぐってゆけばそこにさわらびの肉体が桃色に息づいているはずであり、ひょっとすると手をのばしただけでそれに触れることができるかもしれぬという近さだった。

この男女を、このような配置に配置づけたのは、あの母親の意思によるものであった。

――呼《よば》え。

と、暗にいっているのであろう。母親は、決断したにちがいなかった。源四郎をとくと観察してこの若者は涼し、とみたのであろう。自分の娘のむこにするにはまずまずとおもったのであろう。

彼女のいう「夢」かもしれなかったが、とにかくもさわらびは天子の娘であり、物の運さえあれば内親王たるべきむすめであり、一方、源四郎は源四郎で、真偽さだかでないにせよ、将軍の子であった。内親王と将軍の公子が一つ縁《えにし》でむすばれて夫婦《みようと》になるというのは、これほどめでたいことはない。そのように、あの年若い嫗《おうな》はおもったにちがいなかった。

（入り婿か）

と、源四郎は闇の右手をみた。そこに几帳のとばりが垂れている。それを這いくぐってゆけば、もうそれだけで源四郎の生涯はきまってしまうのである。この家であの娘を女《め》とし、子をうませ、母娘とその孫のためにすきくわをにぎって田畑をたがやす。いまの夢多い日常から、それだけの生涯へ転落してしまう。冗談ではない、とおもった。

なるほど、さわらびという娘は、母親が餌にするだけあっていかにも可愛《かわゆ》げである。しかしさわらびを得ることは、源四郎がなにものかをうしなうことであろう。

（待てよ、源四郎）

と、源四郎は自分に言いきかせた。

（おのれは）

と、かれは自分にいう。

将軍の遺児であるかどうかはわからず、そのようなことは他の推量にまかせよ。ただありありと明瞭なことは、将軍の御台所《みだいどころ》である日野富子に懸想をしているほどの男ではないか。それほどの夢多い男が、その夢をすててこの東山の山ふところの百姓家の男手になりさがることはあるまい。

その裏の縁に、妙ないきものがいっぴき、月光を浴びてうずくまっている。もしここにひとあり、近づいて「そこなるおまえは何者だ」ときいたとすれば、

――せせらぎだ。

とこのいきものは答えたであろう。まさにせせらぎであった。このいきものは、唇をまるめ、頬を蟬の鳴鼓《めいこ》のように震わせながら瀬に水のながれる音をたてつづけていた。

ほんものの瀬音は、縁のむこうの小川がたてている。いきものはその音をまね、ときにその音にあわせ、ときにその音以外の音色も出しつつ鳴らしつづけている。

――瀬の音が、耳についてねむれぬ。

とおもいつづけているのは、この蔀戸《しとみど》一枚のむこうに寝ている源四郎であった。

(しかし)

と、一方では源四郎は、自分のからだのしんから湧きあがってくるなまぐさい衝動をおさえかねてもいた。右どなりの几帳である。几帳の幕のむこうに寝ているさわらびのことであった。

(とはいえ)

と源四郎は、自分をひきしめている。とばりを、うかうかとくぐるな、くぐればあの母親の思惑どおりこの家の男手になりさがって生涯の運はそれっきりになるぞ、ということをくりかえし言いきかせつづけていた。

(しかしそれにしてもこのせせらぎのうるささはどうであろう)

それについ気をとられた。気をとられているために右手のとばりをくぐろうとする衝動がかろうじて外《そ》らされているようなあんばいであった。もしこのせせらぎがなかったならば、源四郎はどうであろう。とっくにそのとばりを掻いくぐってさわらびを抱きおおせていたかもしれなかった。

せせらぎの音が、さらに高くなった。耳を傾けると、なにやら人語をささやきかけているようでもあった。

（妙なものだな）

　と、さらに耳を傾けた。

　どうであろう、耳を傾けるつど、せせらぎは大きく耳のなかに入ってきて、ついには耳のなか全体に川が流れているような景況《ありさま》になった。川が、と源四郎はおどろいた。

（川が流れている）

　流れは常滑《とこなめ》をすべり、川底の小石を動かし、蜷《にな》どもの上を洗い、瀬瀬、瀬瀬、瀬瀬

瀬と音をたててゆく。闇ぜんたいが瀬になり、源四郎は川の底にいる蜷になったよう

な錯覚をさえおぼえた。

「源四郎」

　と、声がきこえた。源四郎自身がいったのか、せせらぎがささやいたのか。

「その女はよせ」

　と、こんどはありありといった。源四郎ははね起きて枕もとの刀をつかんだ。

「あわてるな」

　と、せせらぎがいった。

「おまえはたれだ」

「せせらぎさ」

あとは、瀬瀬、瀬瀬、瀬瀬とさりげなくながれてゆく。

裏の縁にうずくまって、月光を浴び、瀬の音を奏でている。せせらぎは、唐天子であった。

源四郎にはわからない。

しかしわれわれにはわかるであろう。

(馬鹿が、立ちあがったわ)

と唐天子は満足したであろう。この幻戯《めくらまし》の術者は、それを期待していた。この人外のいきものは、源四郎をとらえてはなさぬように努めていた。源四郎の生霊が、つねに唐天子の掌のなかにあることをこの唐天子は必要としていた。一度は成功した。みごとに生霊が分離し、室町の花ノ御所のなかへ飛んだ。飛んで日野富子のそばへゆき、日の出とともに飛びもどって源四郎の肉体へ入った。それは成功した。

しかし、これを習慣化させねばならない。そのためにはたえず感作《かんさ》をおよぼしておくことが必要であった。であればこそこの夜中、厄介ながらここへ出むいている。月光をあおあおと浴びながら、源四郎に対する感作がどのようなものであるかを試めしている。

「なんだ」

と、立ちあがった源四郎はつぶやいた。

「おれの声か」

わが寝言が大きすぎたために目をさましてしまった子供とおなじように、源四郎はちょうど子供のようなしぐさで、ぺたりと床の上にしりもちをついた。

「わが声におどろいて立ちあがっていれば世話はない」

「そうよ」

と、せせらぎのなかにある声がいった。

「手前の声さ。手前のなかにはそういう声を出す者がいっぴき棲みついたのだ」

「なんだと」

「騒ぐな。おなじ仲間ではないか」

「なんの仲間だ。おまえは何者だ」

「おまえの生霊だ」

と、せせらぎがいう。

「生霊」

源四郎は、絶句した。生霊というものが、自分とは別に存在しているのか。冗談ではなかった。そういうものがどこにいる。

「うしろをみろ」

と、せせらぎがいった。源四郎は刀をつかみ、片ひざを立てた。顔は、依然前へ。とてものこと、うしろをふりむく勇気がなかった。怖れのあまり、叫んだ。

「うしろに、何者がいる」

「おまえの生霊よ」

源四郎は、夢中でふりかえった。うしろは闇である。しかし闇の一ヵ所だけやぶれていて暈《おぼろ》なひかりが湧きのぼっていた。そのひかりのなかに源四郎がいた。源四郎とおなじ源四郎が、である。その源四郎は、すわっていた。正座し、こちらをまっすぐに見ていた。

「おのれは、おれか」

と叫ぶなり、源四郎は刀を抜き、抜いたままの勢いをもって横ざまに払った。

「あっ」

と叫んだ者がある。叫びとともに足音がみだれ、遠くへ駈け去った。さわらびであった。さわらびはこの光景に（生霊を見たのかどうかはわからないが）、おびえはてているのであろう。

四

朝になった。

さわらびは、雨戸に陽がさすのをどれほど待ったであろう。彼女は夜半から土間に降り、かまどのすみに身を小さくしてながい時間に堪えていた。

(——気が)

と、なんどそのことをおもったか。気が、くるった。あの客が、である。源四郎のことであった。

やがて母親が起きてきた。母親はかまどのすみで立ちあがった娘におどろいた。

「どう、しやった」

と、とっさに声をひくめた。娘は走り寄り、その母の胸にすがりついた。

——お狂いなされた。

と激しい息とともに言った。

「お客かえ?」

「ええ、源四郎さまが」

さわらびはあとはいわない。泣きはじめた。すでに源四郎との一件についてはこの母親から言いきかされていた。あの若者がこの家にやってきたのを幸い、おまえの婿にしよう、まんざらわるい若者でもあるまい、と母親は言い、さわらびもその気になった。そうときまった以上、そこが娘の情というものであろう、源四郎という若者に思慕をいだくようになった。ところがそれを打ちくだいたのは昨夜の狂態であった、というのであろう。

「落ちついて、申しやれ。つまり、どのようにかのひとは狂うた」

「刀を」

「ふりまわしやったか」

吽々《うんうん》、とさわらびははげしく点頭した。しかし母親が「その刀をおまえに？」ときいたときは、かぶりをふらねばならなかった。

「いいえ、私にではありませぬ」

「たれに」

「ご自分に」

と、さわらびはいった。源四郎はたしかに源四郎、とわが名を叫び、それを斬るべく抜刀したようにさわらびには感じとれた。

「夢でも見やったのであろう」

母親は考えこんだあげく、ふと気を変えたようにかるくいった。

「そうにちがいない」

東側の蔀戸が温かくなっている。母親はみずから走ってその戸をはねあげた。ひかりが土間にあふれた。

母親は源四郎のもとに行った。源四郎はもう起きており、くるくると立ち動いて寝床をあげていた。

（よく身が動くこと）

と、母親はおもった。その身ごなし、尻の動きようは、将軍どころか、働き者の雑人《ぞうにん》であった。お里が知れるようであった。

（この男の母親は、育て方をあやまった）

と、母親はおもった。この若者を幼いころから雑事にはたらかせすぎたのであろう。このため体全体から気品というものが失せてしまっている。

（さわらびはそうではない）

と、ひそかに母親はおもった。母親とさわらびとの関係は、母親のほうが従者の役割であった。母親は、さわらびにどことなく気品と典雅さがあるのはそのせいだとおもっている。

朝の食事のとき、母親は給仕をしながら、

「ゆうべは、なにか」

と、源四郎の顔に、小声で問いかけてみた。彼女がのぞきこんでいる源四郎の顔は若者の顔ではなかった。あぶらが浮き、毛穴がひらき、目の下に老人のようなたるみが隈《くま》どられている。

いわれて、源四郎は目をあげた。

「ゆうべ？」

と、ちょっとためらっているような、そういう奇妙な表情をつづけていたが、やがて、

「いやさ、笑われるかもしれないが」

夜半におこったことを話した。

「いったいどういうことだろう。夢であったような気もするが、しかしあのとき私はねむっていたとはおもえない」

源四郎には、答えは出ている。唐天子である。しかしなぜかその名を口にするとそ

こに唐天子があらわれそうで、のどもとまで出ていた唐という音《おん》をのみこんだ。

が、母親には、そういう遠慮はない。顔をちかぢかと寄せてきて、

「唐天子じゃな」

といった。源四郎はあわてた。母親はそういう源四郎を憐むように、

「その目」

と、いう。

「おびえが出ている。憑かれておいでじゃ」

「まさか」

そう言ったあと、源四郎ははっとおびえを増した。切るようにふりかえった。そこに自分の生霊が居るのではないかとおもったのである。

居なかった。ふりかえったその視点から土間が見通せる。かまどのそばの柴の上に、さわらびが腰をおろしていた。気づかわしそうにこちらを見ていた。

「憑かれている」

と、母親はつぶやいた。

源四郎は、肩をおとした。

「見た」

自分の生霊を、である。いま、ではない。昨夜のことを源四郎はいっている。見たというのはあのときそれこそ一瞬にすぎなかったかもしれないが、人間に記憶があるかぎり、いまなお源四郎は目の奥でそのときの生霊を見つづけていることになる。

「この目を」

源四郎はつぶやき、潰してしまいたい、といった。

「悩乱なさるなよ」

母親は、気づかわしげにいった。このときおのれをうしのうてはついには廃《すた》れ者になりはてるであろう。

「しかし」

母親はつづけた。

「自分の生霊を見た者は、三日以内に死ぬという。あなたさまは、死ぬかもしれぬ」

「ほんとうか」

源四郎は、背骨に弾機《ばね》が入ったように背をそらせた。この上、殺されてはたまらなかった。

「むかしからそう言い伝えられている」

「三日以内」

源四郎はもう、叫んでいった。

「嫗《おうな》。なんぞ、救われる手はないか。ありがたき経、加持、祈禱はないか」

「ある」

若い嫗は、いった。


若い嫗はちょっと思案をした。やがて息を吸いこみ、すこしずつ吐き、

「なにを申しても、かまいませぬかえ」

と、源四郎の顔をのぞきこんだ。むろん源四郎としては、命の助かる工夫ならばなにをいわれてもかまわない。

「かまわない」

というと、嫗はきらりと微笑《わら》った。存外するどい表情であった。いや、あなたはおそらく怒るだろう、と彼女はいう。なぜならば名誉にかかわることだからだ、というのである。源四郎は手を振った。

「傷つくほどの名誉でもあればいいのだが、こちらは瀬に浮かぶ芥《あくた》のような身だ。どうか申してくだされい」

というと、嫗はうなずき、やがて源四郎の背後にある太刀を指さした。

「ひどすぎる」

というのである。粗末すぎる、というのであろう。

「太刀が、か」

「お怒りになってはいけませぬ。その御太刀が将軍の形見であるとは聞きましたが、それはそれで尊しとして、ただ中身が」

ひどい、という。

媼のいうのは、人間、なにごとかに心を拠《よ》らしめて安心《あんじん》ということがある。とりあえずここで考えられるのは刀である。名刀には神霊が宿っていると言い、名刀にまつわる奇瑞《きずい》、霊験《れいげん》、不可思議のはなしは古往今来おびただしくある。名刀は魔を除けるという。自分の帯びている太刀が世にふた口《ふり》とない名刀ならばそれほどの太刀を身につけていると思うだけで心が安まり、ひいては鬼神も怖れずという心境もひらけ、魔につけ入られるすきもなくなるであろう。それが人情というものである。そういう粗末な太刀を身につけておられること、そのことが御油断である、という。

「しかし」

源四郎は、怒らずにいった。

「無いものは仕方があるまい」

「いいえ」

媼はいった。

「無いというのは怠けているだけのこと。世間には霊妙きわまりない名刀がある。それを手に入れる工夫を働かせなされ」

媼のいうところでは、この京のある場所に鬼切りの太刀というものがある。

足利将軍家の祖は八幡太郎義家であるが、その子に源義国という人があり、世にあるときには足利式部大夫といわれた。勅勘を蒙って下野国《しもつけのくに》にくだり、荒加賀入道と号し生涯世に出なかったが、このひとが京にあるとき、閨《ねや》にいっぴきの鬼が忍び入った。身のたけ八尺もあり、全身ひかり苔のように光り、闇中でうごくさまのおそろしさは筆舌につくしがたい。入道はそれを枕の上から見てござらっしたが、しかし全身金しばりに遭ったように動かず、口はひらけども声を発することができない。鬼があやうく入道を捕り籠めようとしたとき、枕頭に置いてあった太刀が自然に鞘走り、空中に躍り、みずから働いて鬼の右腕を斬りおとした。鬼はおどろき、右腕をのこして掻き消えたというが、その太刀が足利家重代の宝物の一つとしていまにつたわっているという。

——それを盗め。

と、この媼はいうのである。

――盗め。

という。山賊や追いはぎがいうならともかく、この品のいい媼が、である。大変な時代であった。源四郎は、閉口した。源四郎は熊野の山中で生い育ったために山僧や山伏たちから、人の道徳《みち》のごく基本のようなものはきかされていた。盗むな、犯すな、殺すな、ということぐらいは、である。

ところが、都はつねにその時代を象徴する世界であるらしく、この媼までがそう言う。

「ちょっと、こまるな」

と、源四郎はいったんはいった。しかし媼は平然と、

「盗んで、用が済めばかえしておく。それでよいではありませんか」

といった。なるほどそういわれればそうかもしれない。

「こまるなあ」

と、源四郎がいったのは、こんどは倫理道徳のことではなかった。技術問題だった。足利将軍家の重宝ならば御所の奥深くに蔵《しま》われているであろう。それも金具で打

ちかためた唐櫃《からびつ》に錠をおろしておさめられているに相違なく、たとえ忍びこんでも手が出せないとおもわれるのである。

「ところが、ちがうのです」

媼は、よく知っていた。

「その鬼切りという太刀は将軍《くぼう》さまの御所にはなく、べつなところにありますよ」

媼が、かつて天子の御所にいたころの朋輩からきいたことがある。

「今参りの局のお里屋敷にあります」

という。今参りの局とは、お今のことではないか。

「お今の？」

「はい。将軍さまのご威厳もおちたもの。お家重代のご宝物が、側女の手にゆだねられてそのお里屋敷にあるというのですから」

「いったい、それは」

「わけは、こうです」

と、媼は朋輩からきいたことを話した。

お今が、当代の将軍義政の幼少のときから伽《とぎ》をしてきた女性《にょしょう》であるということは都では周知のことである。一時は都のぬしはお今といわれるほどにその権勢はすさまじかつたが、いまは将軍の寵もやや衰えた。

「それでも大したもの」

と、媼はいう。その証拠が、この太刀である。巷説《うわさ》ではお今の里屋敷には物怪《もののけ》がすみついており、さまざまの怪異を示すらしい。

（それが唐天子ではないか）

源四郎はききながらおもった。

「その物怪が」

お今に害をおよぼすおそれがあり、そのためにお今は将軍義政に乞い、鬼切りの太刀を寝所に置くことを頼みあげ、義政ももっともとおもい、この少年のころからの寵《ちょう》姫《き》にそれを貸しあたえたという。

「お今はその太刀あるがために物怪に身を害なわれることなく、むしろ逆にそのあやしいものをわが利のために駆使《そこ》しているといいます。そのことまことかうそか。それはともかくその太刀がお今がもとにあることだけはたしかなことです」

と、媼がいった。

五

源四郎は、一念発起《ほつき》した。

——あの太刀を。

とおもった。盗みだすべきである。それを手に入れねば、源四郎は唐天子のために霊肉をひきさかれ、ついに悩乱、もしくは殺されてしまうかもしれない。

さわらびの母親は、

——自分の生霊をみた者は三日以内に死ぬ。

といった。真偽はべつとして世間ではそういわれているのであろう。なににしても鬼切りの太刀を盗むことは源四郎にとっておのれをまもるための防衛であった。

「ちょっと、宇賀ノ図子に帰る」

と言いのこしてこの東山山麓の母娘の家を出、都大路を南へまっすぐにさがって宇賀ノ図子の猥雑な部落にもどった。

（どのようにして盗むか）

ということについて、智恵がない。念閑がここにおれば多少のたすけになるであろうが、あの乞食坊主は花ノ御所に入ってしまった。

(されば阿波聖《あわひじり》がよいのではないか)

と、源四郎はおもった。

聖とは、儒教でいえば聖人《せいじん》、仏法でいえば聖人《しょうにん》、いずれにしても凡夫のおよびもつかぬ崇高な人格のことをいうのであろうが、年を経《ふ》ればことばもかわってくる。源四郎のいる室町のころともなれば、聖といえば乞食の別称のようにまで言葉がおちぶれていた。たとえば高野聖という。高野山につながりをもつ遊行者《ゆぎょうしゃ》のことで、弘法大師の霊験をひろめてまわりつつ旅で衣食しているひとびとのことをいう。「聖には娘をみせるな」と諸国でいわれた。それほどに品行のあやしい連中のことであり、要するに聖といえば尊称でなく蔑称にまでなりさがっている。

「阿波聖」

というのは、阿波うまれの旅乞食というほどの意味であろう。

源四郎は、阿波聖をよんだ。

すぐ、土間にあらわれた。

「やあ、参ったか」

源四郎は、かまちまで出てそこにあぐらをかいた。阿波聖は、上へあがらない。両ひざをそろえて立ち、両手をかまちの上に置き、ちょうど犬が食を乞うてちんちんするようなかっこうで源四郎の言葉を待った。

「聖、用というのは盗みだ」

と、源四郎はいった。

聖は、無言でうなずいた。大きな栗の実のような頭である。背はとびきり小さく、四尺七八寸しかないであろう。これほど小さい体のくせにちゃんと物を言う。

「いずこの館に」

と、しさいらしく首をかしげた。

源四郎は、事のおこりから話した。すべてを語った。配下に自分の身の上のことや心境などを語るのは決して利になることではなく大将の道ではなかった。大将はつねに配下にとって謎であるべきであり、霧のむこうの巨大な影であるべきであり、それでこそ配下は大将というものを畏れるのであったが、源四郎はいまはそれどころではない。

智恵ある相手にはすべてを語ったほうがいいと源四郎はおもった。

阿波聖は、意外に饒舌《じょうぜつ》な男だった。源四郎のはなしをききおわると、

「お頭の申されることながら」

といった。

「それは、相成りませぬな」

「できぬというのか、鬼切りの太刀を盗むことが」

「左様」

栗のような頭が、うなずいた。この阿波聖にいわせれば源四郎は木曾盗の名目上のかしらとして推戴されているとはいえ、所詮はおしろうとにおわします、という。

「そもそも」

と、阿波聖はいう。

その太刀を盗め、とただそれだけを言って簡単明瞭に命令をあたえられるべきであったのに、その太刀のいわれなどを申された。

「それは余計でござる。要らざること」

「なぜだ」

阿波聖にいわせれば名刀というのは古来盗みにくい。名刀と知った上で盗賊が名刀を盗んだ例などは古来まれである、と阿波聖はいう。名刀というのはそれにまつわる神秘的な伝承があり、多くは魔力をもっているとされている。盗賊がそれを知った上で忍びこめばかならず途中で心が動揺し、おもわぬしくじりをし、ついには盗みがたい。むろん名刀もまた盗難に遭うことがあるが、それは盗賊がその太刀について無智である場合にかぎられるのだ、と阿波聖はいった。

「本当かえ」

「私は盗賊のなかまでは智者であるとされております。うそや法螺《ほら》や座興でこのことを申しあげているのではございませぬ」

「盗とは、そういうものか」

「左様、むずかしいもの。心を平らかにし、忍び入って忍び出るまでのあいだ針を池におとしたほどの動揺も心に生じてはならぬとされております。まして」

と、阿波聖はいった。

「唐天子というめくらましがその屋敷の屋敷神として棲みついておるとまでおかしらは申されました。そういうことを聞いた以上は、とてもとても」

「忍び入れぬか」

「入れませぬとも。たださえ他家へ忍び入る盗賊の心というのは怖《こわ》や怖やとさざなみ立つ思いでありますのに、そういう神か、物怪か、それとも幻術師《めくらまし》か、ともかくおそろしき者が屋敷うちに棲むとうかがっては、とても」

「私はな」

 源四郎は、話題を転じた。私はな、ともう一度言い、

「足利源氏の血流を汲む者であり、事と次第では公方になれる筋目であり、鬼切りの太刀を当然手に入れる資格をもつ者だ。太刀の霊もそのことはよく知っているであろう。決して太刀がわしに仇をなすとはおもえない」

「すると、おかしらがご直々」

「ああ、わしが忍び入るつもりだ。しかしわしにはそういう技がない。せめて途中まででも技を貸せといっているのだ」

「ああなるほど」

それなら話は簡単だというような顔を、阿波聖はした。

「では、明晩にでも」

と、阿波聖は、ごく無造作な口ぶりでいった。明晩、お今の里屋敷に忍びこもうというのである。

「しかし、あすはまだ月が残っているが」

源四郎はいった。月が天をあかるくしていれば潜入のために都合がわるかろうとい

うと、阿波聖ははじめて声をたてて笑った。

「月あればこそ」

忍びこめるのだ、といった。盗賊にはそういう流儀があるのだという。月夜の技術に長《た》けた者と、闇夜でなければ活動できぬ者とふたとおりあるという。

「私は、月夜でござる」

翌日になった。

この日は、雨であった。

源四郎は、この日、めずらしく昼にめしを食った。源四郎のこの当時は、この国に住むひとびとはまだ三食の習慣をもたず、二食であった。朝と夕方に食う。

しかし源四郎は、夕食を昼に摂った。昼に大めしを食っておくようにと阿波聖が注意したからであった。ひるに大めしを食えばねむくなる。自然、昼寝をする。昼寝をして夜はたらく。昼の大めしなど、なるほど盗賊が考えだしたらしい智恵であった。

源四郎は、夕方までねむった。起き出してみると、まだ雨が降りやまない。

(今夜は、無理かな)

と、おもった。あの阿波聖は月夜流の盗賊だと自分でもいっていたから、雨の夜の闇には仕事ができにくかろう。

ところが、やってきた。

「阿波聖、今夜はむりではないか」

と源四郎がいうと、

「いやなに、よろしいのです」

阿波聖はいった。雨夜でもいいという。むしろ雨夜の闇のなかで仕事をするのがいちばんいい、と阿波聖はいった。

「きのう、なんといった。わしは月夜の盗賊でございますといったではないか」

「左様」

阿波聖はいった。

「あれはうそか」

「うそではございませぬ」

阿波聖のいうところでは、盗賊に明暗なしという。明るかろうが闇であろうが、明暗に応じた技術というものがあってそれは問題にするに足りぬのだというのである。ただ月のあるなしをいうのは別のことであった。盗賊には月を信仰している派がある。月を守護神としているために月の夜に仕事をしたがる、月夜に忍びこめばかならず成功する、というのである。

「それだけのこと」

阿波聖はいった。盗賊というのはそういうものだという。みな信心ぶかく、信心ぶかくなければこういう人の裏を掻くような仕事はできぬものだ、という。

ふたりは、出かけた。

鴨川は、五条の橋から渡った。このころの橋は洲から洲への渡し板がある程度のもので、雨で水量がふえているため、板のすれすれにまで水がきていた。帰りはおそらくこの五条橋は流れているだろう。

六

暗い。

板が、濡れている。源四郎は、夜目がきかなかった。

「これを」

と、阿波聖は楠の樹の生枝のはしを源四郎につかませた。源四郎はそれをたよりにやっと歩を運んだ。雨が、坂を川のようにして流れている。

ふたりは、蓑をかぶっていた。笠はかぶらなかった。音が、笠に湧くからである。

このため、せっかくの蓑もさほどに効がなく、えりもとから雨が流れこんだ。やっとお今のお里屋敷の塀のそばまでたどりついた。阿波聖は小声で、

「およろしいか」

と、段取りにつき、念を押した。阿波聖がまず忍びこむ。太刀のありかをつきとめる。そのあとは源四郎にまかせる、ということであった。

「わかっている」

「ここにおじゃりませよ。ここへもどって参りまするゆえ、ここを離れてはなりませぬ」

と、阿波聖はくどく言い、言いつつ蓑をぬいだ。ぬぐといっぴきの尺取り虫のようになり、塀にぴったりと吸いついた。動かない。

しかし動いている。のばした右手の指が、屋根瓦にふれている。触れて、その瓦の根付きの強弱をしらべている。自分の重量をのせても耐えるかという調べであり、これが、かれがこれからやろうとする仕事への第一歩であった。

やがて阿波聖は源四郎の視野から消えた。虚空に翻転し、塀のむこうへ飛び去ったのであろう。

(みごとなものだ)

と、源四郎は感嘆するほかない。

源四郎のこの時代、日本のあらゆる芸という芸が群がり興ってその輝かしい発祥時代になっている。能もある。兵法もある。音曲、歌謡、あたらしい絵画、詩文、庭園、建築などすべてがこの中世末期から興ったが、盗賊の芸もおそらくそうであろう。盗賊など、人間がこの地上で人がましく動きだしたころから存在したであろうが、芸として考えるようになったのはやはりこの阿波聖どもが生きた時代からであると言わねばなるまい。

濡れた草の上に落ちた。

阿波聖は、である。すぐは動かない。石に化したようにうずくまり、地の音、天の音、人の気配を感じようとしている。やがてうごく。

建物に近づく。

——気長に。

というのが、盗賊がおのれに課している最大の強制であった。かれは床の下に入り、床の上の気配を知ろうとした。

やがて出てきた。こんどは建物のまわりをぐるぐるとまわりはじめた。外観を見ることによって内部の構造を知ろうというものであり、この点、作事（建築）の棟梁ほどの専門知識をもっておらねばならなかった。

この間、一刻《にじかん》はかかっている。

（太刀は、お今の寝間にあるらしい）

ということが、この男の勘であった。その居間がどこにあるかということについても、おぼろげながら察しがついた。

雨、が降りつづいている。

――寒い。

と、源四郎は何度つぶやいたことだろう。かれは蓑を頭からかぶり、ちょうど猪が臥したようなかっこうで塀ぎわにしゃがんでいる。体温をまもるために、体を小さくしていた。自然、心も萎《な》えはじめている。

やがて頭上に気配がした。源四郎が見あげると、塀の瓦屋根の上に阿波聖がかぶさっていた。

（もどってきてくれたか）

ほっとした。もはや欲も得もない。とにかく阿波聖がもどってきてこの独り待ちの寒さから解放されることのみをねがっていた。

(おれの兵法など、たかが知れたものだ)

この濡れそぼった寒さの前に、肉体のみか精神までが白濁してきそうであった。源四郎は兵法というもののすばらしさは信じている。日本人がこの日本という島々に住んで以来、自分の肉体と精神を一つの原理と方法できたえ、ついには生な人間であったときとはまるで別の肉体の機能をもつにいたるというような、そういう事柄を持ったことがなかった。兵法が出現して、日本人ははじめて自分を改造することを知った。

源四郎は、そのすばらしさを信じている。しかしかれは自分の兵法には自信をうしなっていた。源四郎が関東において学んだのは術であるにすぎず、自己を改造するところにまで至らなかった。

兵法によって真に自己が改造されておればこのような寒気のなかでも、たとえ皮膚が濡れこごえているにせよ精神まで萎えはじめてくることはなかったであろう。

「阿波聖か」

と、思わず塀の上を見あげ、その屋根にうずくまっている物体に声をかけた。

「左様」

と、その影は虚空に飛んだかにみえたが、つぎの瞬間には源四郎の目の前にしゃがんでいた。

「よくぞ待ってくだされました」

「おれは律義だからな。ここで待てといわれればいつまでも待つようなところがある」

「いい性分で」

と、阿波聖はいった。ほめているわけではなさそうであった。

「ところで、鬼切りの太刀のありかがわかったか」

「わかったようなわからぬような。おそらくはお今御前のお居間であろうとおもいまするが、それを確かめるのはおかしらの役で」

「そばまでついて行ってくれるだろうな」

と、源四郎が、最初の約束によってそれを念押ししたのだが、阿波聖の様子はすこし奇妙であった。

声も奇妙であり、ひどく力がない。音が、厚い布を透しているようにこもっている。

「阿波聖――」

と、源四郎は思わず立ちあがった。目の前の人間が阿波聖ではないかもしれぬと直感したのである。

阿波聖も、ゆらりと立ちあがった。ゆらゆらと後退《あとじさ》りし、源四郎のひざもとからはなれてゆく。

「おい」

と、源四郎は、気魄をこめ、声をかけた。寒さを忘れた。兵法者であるこの男が、多少はよみがえったのであろう。


「あわ、阿波」

と、源四郎は阿波聖をよんだ。しかし阿波聖は答えない。

妙な運動であった。闇ではあったが阿波聖は顔も体も源四郎のほうへむけていることはありありとみえている。そのうえ両腕をかがいしのように横へあげ、そういう奇妙な姿勢のままで、あとへあとへとさがってゆく。

「どうした」

と、源四郎は二歩、三歩と追うた。この時期、源四郎はあとで思いだしたことだが、雨はすでに小降りになっていたようにもおもえる。

ばかな話である。

この屋敷の門が、八の字にひらいていた。ひらいていることに先刻気づけば阿波聖があれほど苦労して塀を越えなくてもよかったであろう。源四郎は、意識の片すみでそうおもった。その門のなかへ、阿波聖は何者かに招待されるがごとく吸いこまれてゆく。源四郎は、あわててあとを追い、

「阿波聖、出ろ」

と、その手をつかんだ。しかし空をつかんだ。源四郎はさらに一歩すすんだ。阿波聖の実体は、たしかに眼前にいる。その醋《す》のにおいのまじった体臭までにおってくる。しかしつかもうとすれば、逃げ水のようにスイと逃げる。逃げるようにおもわれる。

「阿波聖、ものを言え」

と源四郎がたまりかねていったときは、すでに互いに濡れ縁の上にのぼっていた。阿波聖の後ろに戸がある。

蔀戸である。

はねあがっている。しかもその部屋のなかには灯明《ほあか》りが揺れている。阿波聖はそのなかへ入った。

源四郎も、入った。背後で激しい音がしたのは、いまくぐったばかりの蔀戸が落ち

たのであろう。

——たれかが。

とは思わない。源四郎は自分のせいかとおもい、その物音にひやりとした。ひとが起きだしてくるのではないか。

眼前に、阿波聖がいる。こんどは灯明りのなかに立っている。

「どうした」

源四郎が何度目かの声をかけて阿波聖を凝視したとき、はじめてこの事態がなにごとであるかがわかった。

阿波聖は、死んでいる。

死体が、立たされている。目は閉じており口許に血の糸が垂れ、両腕が横へややあがっているとはいうもののぶらりとし、何者かが背後でそれを支《ささ》えているかのような、そういう立ちざまであった。

（こいつは死体だ）

と源四郎はおもったが、どういうものか、からだのなかの恐怖が死んでいた。源四郎はややあきれて阿波聖の立ち姿を見なおし、

「うぬは、死んでいるではないか」

と、ひどくあたりまえの声で問いかけ、阿波聖の失態を責めるかのようにいった。

そのとき、激しい物音がふたたび湧きおこった。

阿波聖が、倒れたのである。その板敷の上に、もうとっくの以前からそう斃れていたようなごく自然な死にざまで横たわった。


(これは死骸《むくろ》か)

源四郎は、阿波聖がながながと倒れているそばに、片膝をたてた。それが先刻まで立って動いていたことと、いまのこの姿との関連がどう考えてもわからない。

「どうした」

と、源四郎は、阿波聖の胴をつついた。もしこのとき阿波聖が起きあがってあっははと笑ったところで、源四郎はおどろかなかったであろう。

ものにおどろく感覚も、ものにおびえる感覚も、このときの源四郎はたれかにひきむしられたようになくなっている。

憑かれている。

としか、思えない。大きくひらいた無感動な目が、それを証明していた。憑かれてしまえば、人は驚きやおびえをうしなうもののようであった。

源四郎は、この阿波聖にみちびかれてここまできた。自分の意志ではない。自分の意志で自分の行動をきめる能力が、かれのなかで尽きかけの灯のようにかすかになっている。

源四郎は、おのれのあごをさげた。さらに大きくさげ、声を出してあくびをした。

――これからどうする。

ともおもわない。

なぜならば、源四郎のここまでの行動をみちびいてきた阿波聖が、源四郎を導くことをやめてしまっているのである。阿波聖は死んでいた。源四郎の行動はそのために終止せざるをえなかった。この憑かれている状態から醒めはてるまで源四郎は永久にこの死体のそばにうずくまりつづけるであろう。

げんに、うずくまりつづけた。

が、源四郎の幸運は、小さな変化がかれのなかにおこったことであった。かれの精神のなかにおいてではなく、かれの生理のなかでおこった。かれは尿意を催した。

――ああ。

ともおもわない。正常な場合でもそうであるように尿意は人間の行動を、その脳髄の命令でなく反射的にそれをおこさせる。源四郎は反射的に立ちあがった。

反射的ではあったが、とにかくかれは別個の行動をおこした。その証拠に、そのことで、かれは自分自身をすこしはとりもどした。

(厠はどこか)

という思案が、はじめてその脳中にうかんだのである。そのぶんだけ、かれの精神はわずかに回復した。

源四郎は、廊下へ出た。厠をさがすためであった。しかしこの暗さはどうであろう。

手さぐりで歩いた。歩きつづけた。この歩行は源四郎にとって貴重であった。なぜならばいま廊下を歩いているということは尿意のためであるとはいえ、憑き物の意志によるものではなく源四郎自身の意志によるものであった。が、

「たれかおるかあ」

と叫んだのは、やはり十分に醒めていなかった証拠であろう。かれはこの屋敷が何者の屋敷であるかをもわすれ、そう叫んだ。

「厠は、どこか。たれか、導け」

と、源四郎は闇を八つ裂きにするほどのはげしい声で叫んだ。

七

源四郎が廊下へ立ち去ったあと、死骸の部屋の片すみで、物影がうごいた。うごき、やがてその影はぬくぬくと大きくなり、歩きだした。唐天子である。廊下と逆方向に歩き、濡れ縁に出た。雨はあがり、雲間に細い鎌のような月が出ていた。

「ちっ」

と、唐天子は濡れ縁から、下の草むらにむかって唾を吐きおとした。

腹が立つであろう。かれの仙術か、それとも幻戯《めくらまし》か、いずれであるにせよ、精魂をこらしつづけて源四郎の魂を遊魂させていたものが、たかが源四郎の尿意によってやぶられてしまったのである。

(ばかげている)

本来なら、術を施されている者は生理的な反射がにぶくなり、尿意などは催さない。たとえ尿が体内に保持できぬまでになったとしても、放尿のために厠へゆこうなどという日常の意識はよびさまされない。そのままそこで濡らすか、あるいは夢寐《むび》の間に廁へでも行っているような景況《ありさま》になり、その場でそのようなしぐさをしたりする。

術が衰えた。

(のであろうか)

と、唐天子は、わが力に疑いをもった。それとも源四郎は兵法修行をしたためにかかりにくく、たとえかかっても醒めやすくできているのであろうか。

いずれにせよ、唐天子にすれば愉快ではなく、そのために源四郎を置きすてた。

(今夜はだめだ)

とおもった。源四郎にあのまま廊下をわたらせておこうとおもった。

唐天子は、縁からとび降り、草を踏んで歩きはじめた。

そのまま、闇に消えた。


……………………


その時期から、源四郎はかれ自身が気づかぬにせよ、唐天子の呪縛からのがれ出ている。のがれたとはいえ、まだ醒めきってはおらず、酔いがすみずみの神経をにぶらせている。ゆるゆると歩く。

「廁は、どこだ」

と、何度目かの叫びをあげたとき、廊下のむこうから宿直《とのい》の郎党といった男が、人数にして三人、灯をかかげて近づいた。灯をもたぬ二人が、太刀を抜いていた。

「うぬは、何者だ」

と、慄え声で問うた。こわいのであろう。しかし夜盗でもあるまいとおもうふうであった。夜盗が、

——厠はどこだ。

とさわぐであろうか。

ひょっとすると女主人の今参りの局の存じ寄りの者で局の承知のうえで当館にとまっている者かもしれない。それならば礼を失せぬようにしなければならぬ。

「名を、名乗られよ」

「わしか」

源四郎は、立ちどまった。体が、ゆっくりとゆれている。

「宇賀ノ図子に住む者で、源四郎という。氏は源氏、本姓は足利、生国は熊野、通称は、熊野源四郎とよばれている」

——これは。

と、三人の宿直侍は源四郎に対する認識をあらためた。

——酒《ささ》ヲ食べ、酔《え》イシカ。

とおもい、たがいに顔を見あわせた。しかしまだ正体はわからない。

源四郎はあたまの天辺《てっぺん》から——まったくこの男の平素を知る者ならどこから声をだすのかと奇異におもうはずの高声で、

「厠は、どこか」

と、一つことばを叫んだ。そのくせ瞳孔は三人のほうをみていないのである。

灯火をもった年がしらの者が一計を案じたらしく、ひどくおだやかな声でうなずき、

「ご案内つかまつろう、さ、こちらへ」

といった。年がしらは他の二人に目くばせし、小声でなにごとかをささやいた。

とにかくも、三人は源四郎を案内して歩きだした。厠は、遠かった。近くにもあるのだが、かれらはわざと遠いほうをえらんだ。その一人が居なくなった。

その一人は、お今の寝所へ走った。お今からこの源四郎と名乗る宇賀ノ図子の住人に心あたりがあるかどうかをきくためであった。

お今は、寝所にいた。

「たれ」

と、お今は叫んだ。侍は、余一に候、といった。余一などとは鎌倉ふうのふるめかしい名前であり、どうせ東国あたりの草ぶかい田舎から都へ侍奉公にのぼってきた若者なのであろう。太郎が長男、次郎が二男という順でいって九郎、十郎とゆき、十一番目の子になると十一郎とはいわない。余一という。与市、などとも書く。

「余一か。なぜいまごろ」

と、室内から廊下にいった。廊下にすわっている余一は、当屋敷に闖入《ちんにゅう》してきた宇賀ノ図子の住人について心あたりの有無をきいた。

お今はみるみる不機嫌になった。宇賀ノ図子などという貧民窟の住人を自分がなぜ知っているというのであろう。

「おそれ入りまする」

と、余一はあやまり、くわしく言った。途中、お今はなにか思いだしたらしくみずから廊下ちかくまで出てきて、

「なんと。その名をいま一度申しや」

と、言葉急に問うた。余一は源四郎がそう名乗ったとおり、「じつは足利源四郎、

しかしながら通称は熊野源四郎」というと、お今はあわただしくすそを掻いつくろい、すぐ捕らえよ、と命じた。

「詮議は捕らえてからのこと。余一は廊下を駈けた。すぐ」

と、せきたてた。余一は廊下を駈けた。厠へ駈けつけると、二人の侍が厠の戸口で待っていた。余一は、目くばせした。

源四郎が、出てきた。

余一は源四郎の両足をつかみ、他の二人が源四郎の両腕をもち、その場に押し倒し、ほそびきをとりだして仮縄を打った。

「なにをする」

と、縄を打たれてから源四郎ははじめてさわぎだした。諸事、鈍感になっていた。

まったく馬鹿な。

人間、こんな目にあうのはなんの因果だろう、と源四郎が正気にもどってからおもったのは、納屋のなかであった。頸《くび》も手も足もがんじがらめに縄をかけられてころがされている自分を発見したのは、夜明けのすこし前であった。

(またも、かけられた)

と、源四郎は歯ぎしりする思いでおもった。唐天子に、である。酒を飲んだ記憶がない以上、このていたらくは唐天子のしわざにちがいなかった。しかし激しく酩酊したときとおなじように、記憶がとぎれとぎれになっている。

——阿波聖はどうした。

とおもうが、はっきりとは思いだせない。この館の塀ぎわで雨にぬれそぼって阿波聖を待っていたことと、門が八ノ字にひらいていたことなどはなんとかおぼえている。そのあとは意識がとぎれ、ときに雲の中をただよっているようで、ただ尿意を催して廊下をわめきあるいたことだけはおぼろげながらおぼえている。

(おれは、なんという男だ)

と、源四郎は、舌を噛んで死んでしまいたいほどの自分への嫌悪をおぼえた。まるで自分というものがなく、自分の重要な部分——魂といっていいが——は、唐天子に抜きとられてしまっているように思えてならない。

——そう。

と、突如おもいだした。このお今の里屋敷に自分がきたのは鬼切りの太刀を得たいがためであった。その太刀さえ手に入れば、あのさわらびの母がいうとおりやっと唐天子に立ちむかうことができるのではあるまいか。そのことに希望をつないでここへ忍びこんだはずであった。

——そうだった。

とおもったとき、戸が、音もなくひらいた。ちなみにこの納屋の戸は引戸ではなく観音扉であった。それがひらかれ、一時に外光が射しこみ、源四郎はまぶしさに目を細めた。

「起きたか」

と、侍がのぞいた。源四郎に用心しているのか、薙刀をもっていた。侍は、腕をのばして源四郎の縄目をつかみ、ずるずると納屋のそとにひきずり出した。

「わしは、余一というものだ」

侍のうちの一人がいった。

「じつをいうと、わしどもはお前さまを鄭重にあつかっていいのか、それとも粗略にあつかってさきざき殺したものか、そこのところがよくわからない」

余一は、正直にいう。

「だから、鳥目《ちょうもく》一文程度を盗んだ出来心の賊程度にあつかおう」

「できれば鄭重にあつかってほしいものだ」

と言うだけのゆとりが、源四郎の気持に、出来はじめていた。

「お局さまが」

と、余一はいった。対面したいとおおせあるゆえ、縄つきのまま連れてゆくという。

「縄を解け」

「解いてたまるか」

と、余一はいった。解いてしまったあと、どのようにあばれるか見当がつかないのだ。

「とにかく運ぶ」

と、侍三人が米俵でもあつかうような雑なあつかいで源四郎の体を吊りあげた。そのまま廊下をゆき、お今の居間に入り、縄つきのまま次室にころがした。お今が、この部屋の奥ですわっている。

八

ころがされている。

——これほどの。

と、源四郎はおもった。はずかしいことがあるか、と叫びだしたい。最初にお今のもとにきたときはともかくも人間なみの姿で対面した。こんどはこの哀れなけものの姿でお今の視線に曝されている。

お今も、それがおかしかったらしい。

「源四郎どの、いろいろなお姿を見せてくださいますこと」

「わしの知ったことか」

源四郎は咆えた。自分の意志でこんなざまを曝しにきているのではなかった。自分の意志なんざ、たれかに掏摸《すり》とられて懐ろにも背中にも下帯のなかにも、どこにもなさそうな今日このごろなのである。

「あさましいものだ」

源四郎は、われにもなく涙声になった。人間の威厳儀容というのは意志、魂があってこそのことだが、それをときどき抜きとられて何者かに自由三昧にされていてはどうにもならない。

——死んだほうがましだ。

と、源四郎はついに頰を濡らした。

（おや）

という表情を、お今はした。いかに侍の道がすたれ、男の美しさが衰えはてた世であるといっても、男が泣くところを見るのははじめてであった。

「あなた、泣いている」

めずらしいけものでも見るような好奇心で源四郎のそばに寄ってきた。

「泣いていますね」

(なにをいやがる)

吼えたかったが、声を出せば吼えるよりも泣きあげそうで懸命に堪えた。くやしいがだまっていた。

「自業自得なのです」

お今は、なぐさめるような、からかうような声調子《こわぢょうし》でいった。

「魂も定まらずに都をうろうろしているからこうなるのです」

「ばかな」

源四郎は、やっと叫んだ。おまえさまの飼っている憑き神がおれをこんな目にあわせつづけているのではないか。なにが自業自得だと源四郎はいった。

「ちがう」

と、お今はいった。

「唐天子につけ入られるような生き方をしているからです。あなたは魂をさだめて一日でも生きたことがありますか」

「なんのことだ」

源四郎は顔をあげようとしたが、頸の縄がそれをゆるさなかった。

お今は、いう。

「聞きや」

という。

熊野から都へのぼってきた。将軍継嗣の資格者として名乗りをあげるためだったとあなたはいうが、実際は印地《いんじ》の大将（腹大夫《はらだいふ》のことか）とつきあったり、日野家の小屋に住んだり、御台所《みだいどころ》富子にそそのかされたり、兵法を学びに関東に駈けくだったり、また駈けのぼってきて宇賀ノ図子で盗賊の首領にかつぎあげられたり、どこに自分の意志や魂があるのかわからぬ日を送っている。憑き神はそういう者に憑くのだ、とお今はいった。

（まるで説教ではないか）

と、源四郎はおもった。牢浪《ろうろう》の境涯で、この世のたれから叱言をいわれることもない身の上だが、ことにお今からまるで姉気どりのような叱言を食う筋あいはまったくない。お今は唐天子を使っている。稲荷ノ神が狐を使っているようにお今は唐天子をつかい、その唐天子のおかげで源四郎はこういう苦渋をなめている以上、罵《ののし》るべきは源四郎の側ではないか。

「わかりましたかえ」

と、お今は、体温を感じられるまでに近づき、のぞきこんでいった。

「あなたのお為をおもえばこそ、こういうことをいうのです」

(なにかまちがっている)

源四郎は、叫びだしたくなった。しかしどういうものか言い返しができないのである。

お今は、やさしすぎる。声音《こわね》、ことば、ものごしに優しさだけでなくまるで弟にいうような真実味がこもっている。こういう優しさに勝てた男子が古今あったであろうか。

が、こまる、とおもうのだ。この問題の加害者はお今ではないか。

(げんにおれは)

縛られて突きころがされている。これもお今の指図である。その女が、姉のような優しさと真実で源四郎に忠告するのだ。

——ああ。

と、源四郎は泣きだしそうになった。どこかでなにかがまちがっている。

「今参《いままい》りのお局《つぼね》」

源四郎は、やっと叫んだ。

「あなたは、妖怪《もののけ》ではないか。——」

そうにちがいない。そうと解釈する以外、この奇妙な優しさの見当がつかない。源四郎は事態の奇妙さに気がくるいそうになった。

「人間ですよ」

と、お今は落ちついて囁いた。囁かねばならぬほどお今の唇は源四郎にちかづいており、ついには近づき切った。

——あっ。

とおもったとき、お今の唇が源四郎の唇にかさなっていた。きりっ、と源四郎の下唇を、痛くない程度に噛んだ。

「なにをする」

「妖怪ではありませぬ。あきらかに人間であることをお見せしただけ」

「唇を噛むことがか」

「わからないおひと。あなたを好きになっている、ということです。妖怪が、恋をしますか」

「恋」

源四郎は、愕然とした。意外なことばをお今からきく。本気か。

「本気でそのことばを、あなたは」

「たれがうそで言います」

(こいつはばけものだ)

とおもった。

ところがお今は本気らしい証拠に、胸にはさんだ短刀を口にくわえ、くわえたまま中身を抜き、それをもって源四郎の縄をふつふつと切りはじめたのである。手足の自由をゆるせばどのような危害をお今に加えるかもしれぬ男を、お今は無造作に自由にしてしまったのである。

「なぜ」

と、源四郎はふしぶしの痛みに堪えつつ起きあがり、

「おれの縄を解く気になった」

とお今にきいた。

「おそれ多いからですよ」

お今は、裂れの長い目を、必要以上に細めながらいった。なぜおそれ多いのだ、と源四郎はうっかりきいた。

「忘れたの？」

お今は、作った笑顔を急におさめ、ばかにしたようにいった。

「なにをだ」

「あなたさまが、六代さま（将軍義教《よしのり》）のご遺児であること」

「わすれてはいないが」

「ときどきわすれるのでしょう」

（まあそうだ）

と、源四郎はわが身を不甲斐なく思った。お今がするどく指摘したようにときどきわすれる。いや、もっと正確にいえばときどきしか思いださない。これはどういうことだとおもうのだが、

——どうもお袋の仕様《しざま》がわるかった。

とおもった。いい例が、天皇のわすれがたみだというあのさわらびであろう。どこからみてもさわらびにはそうとしか思いようのない気品があり、その挙措《きょそ》動作は典雅で、ことばづかいも御所風であり、彼女がいますぐ内親王になったところで十分になれる。どころか、さわらびは実際の内親王よりもはるかに内親王らしいのではないか。

そこへゆくと、源四郎は山で育ち、熊や猪を相手にあそび、人といえばたまたま山を過ぎる熊野山伏のみであった。もっとも源四郎の母親は山ぐらしながら彼に京ことばをおしえ、都に出てもおかしくないように行儀作法はおしえた。しかし熊野遊女のおしえたそういうものが、花の都にのぼるととても通用するようなものではないことが、源四郎にもわかっている。

「とにかく」

と、お今はあきらかにさげすみをうかべていった。

「そういう御胤《おたね》だということですから非礼があってはならないと思い、解き参らせたのです」

(なるほど)

とおもってから、源四郎はそういう自分を激しく叱りつけた。人の口を信ずるのはいいかげんにしろ、ということであった。

(目の前のお今をみろ)

ただの一瞬間といえども真実があったためしがないではないか。つねに言葉と態度がちがっている。源四郎が縛られてころがされているとき、どういう心情のあらわれか、唇を近づけてきて愛撫しようとした。ところが縄を解いたあと、もう冷ややかな態度にもどり、しかもつねに冷ややかではなく、ときに作り笑顔をみせたり、かとおもうとさげすんだ笑い顔を立て、どこにお今がいるのか山育ちの源四郎などには見当もつかない。

(これが、都というものらしい)

とくに都の貴族社会に遊弋《ゆうよく》している者の常であるらしくおもえる。

「ちょっと、ものをきいてもいいか」

と、源四郎はいった。

九

「なんなりと」

と、お今はうなずいた。訊ねよ、私が存じていることなら答えてさしあげる、というのである。

源四郎にはたずねたいことが衣笠山の赤松の数ほどある。というより、自分の前後左右、すべてのことがわからない。

大きく息を吸いこんだ。が、その息を吐いたときには、突如妙なことをきいてしまった。

「あなたは、私の敵か味方か」

お今は、唇に掌の甲をあてた。笑いだした。が、顔じゅうを崩して笑いたくなったらしく扇をひらき、顔をかくし、激しく声をたて、肩さきをふるわせた。

(なぜ笑うのか)

源四郎にはわからず、ぼんやりそれを見つめている。やがてお今は笑いおさめ、扇をすてた。顔が、まじめくさっていた。たったいまあれほど笑いころげたお今が、この瞬間にあとかたもない。

「あなたのそういうところが好きです」

「どういう……」

「そのばかなところ」

お今の顔が、ふたたび笑いでふくれてきた。しかし笑うまいと懸命に唇をひきしめている。

「あなたにそういうところがなかったならば、とっくに殺してしまっています」

「敵か、味方か」

「まだ言っている」

こんどは、お今は眉をひそめた。馬鹿もおなじことが二度かさなると、笑いをそそらなくなるらしい。

「考えてもごらんなさい。人間に敵味方などありますか」

「ない?」

「ないのが本来です。しかしその場その場の利害によって出来ます」

「では、あるではないか」

「ありますとも」

と、お今は矛盾したことをいった。源四郎ははげしくかぶりを振り、

「わからん。あなたはいったい何をいっている。ないとも言い、あるともいう」

「あなたのきき方がわるいのです」

と、お今がいう。

「このお今が、熊野源四郎にとって敵か味方か、と問われれば笑うしかない。敵でもなく味方でもありません。いま、風が、わずかに吹いている」

「風が？」

「吹いているでしょう？　この風は熊野源四郎にとって敵ですか味方ですか」

「どっちでもない」

源四郎は、腹が立った。風に敵味方などあるものか。

「お今も同然ですよ、風と。しかし風はときにとって味方になる。あなたが摂津の海から淡路島に漕ぎだしてごらんなさい。春、そよそよと吹く東風《こち》が帆をやわらかくふくらませてあなたを島へ運んでくれます。しかし、暴風ならば」

「敵だな」

「そう、わかりましたか。あなたがお今のためになるならば、お今はあなたの味方です」

まだ訊きたい。

「唐天子のことだ」

と、源四郎はいった。

「あれはなんだ」

「この屋敷に憑いている憑き神ですよ」

「そいつが人を殺した」

源四郎は、すでにその記憶がありありとよみがえっている。阿波聖《あわひじり》のことである。あの小男が、この屋敷で殺されたではないか。その死体を、源四郎ははっきりと見た。

「それはおかしい」

と、お今はいった。ちがう、という。唐天子は人を殺さない。唐天子だけでなく、この世に棲む幻術師《めくらまし》、仙術や道術の徒、それにあらゆる神々は人を殺したりする能力はない。お今はそのように言う。

「あの連中にはそういう能力《ちから》はないのです。あの連中は、たとえていえば猩々《しょうじょう》の毛のようなものです」

「猩々の毛?」

「そう、やわらかくて白くて長い……。人の皮膚に触れることはできる。触れられれば、人はおどろいたりくすぐったがったりする。それだけです。猩々の毛で人を殺せますか」

「まさか」

源四郎は笑った。

「殺せやしないよ」

「そうでしょう」

お今は、いった。お今にいわせると、そういう連中の術というものはじつにはかないもので、できそうにみえて、あらゆることができない。たとえば男を殺すこともできなければ女を犯すこともできない。その二つのことをやれば術は身から離れてしまうという。

「私など」

と、お今はいう。

「唐天子を飼っている。ああいう化生《けしょう》のものを飼っていると、ときにこちらの心があられもなくなり、ふとした油断でひたひたとつけ入られそうになる。こわい。閨《ねや》でのねむれぬ夜や、夜中ひとり厠へ立つとき、夢寐《むび》が浅くなりそめたあけがたの床のなかなどで奇妙なものが立ちあらわれるときがある。そのこわさ」

お今は、肩をすくめた。童女のようにあどけない顔になっていた。

「しかし」

お今はいう。

「犯されたことなど、一度もない。犯そうとして、肌のうぶ毛のさきにそよりと触れるまでにかの者は来る。しかし犯さない」

源四郎は、お今のなまなましいことばに息をのむおもいであった。

(この女は、正直に話してくれている)

そう思うと、お今へ気持が大きくのめってゆくものを覚えた。いや、単に親しみというものかもしれない。

「だから」

と、お今はいった。

「その阿波聖とやらいうそなたの従者は殺されたわけではないでしょう。屋根からでも落ちて」

地に頭を打ち、死んだ。その死骸を唐天子はほしいままに動かしただけであり、それだけのことだ、とお今はいった。

「こんどは、こちらが」

と、お今は姿勢をなおした。

「うかがわねばなりませぬ。そなたのことです。なぜ、他人の屋敷に夜陰忍び入られたか」

「待った、忍び入ったのではない」

源四郎は、訂正した。お今は、冷笑した。

「まさか案内を乞うて玄関から入って来られたのでもなさそうな」

「いや、それに近い」

源四郎は、盗賊とおもわれてはかなわないとおもった。そのくせこの男は、名目だけとはいえ木曾盗の首領なのだが。

「わしは、門から入った」

「門は開いていなかったでしょう」

「いいや、ちゃんと」

ひらかれていた、ということを、源四郎はこまかく説明した。阿波聖の死体にみちびかれて入ったのだが、その阿波聖があけたのかたれがあけたのか、とにかく門はひらかれていた、と源四郎は言い、言いながら、

（ああ）

と、気づいた。あのとき、いまからおもえば唐天子が阿波聖の死体をおどらせてい

る。門も、当然かれのしわざにちがいない。源四郎は、お今にそのようにいった。

——ふん。

と、お今は鼻を鳴らし、その話題から急に興をうしなったような顔をした。唐天子のことについては多くを語りたくないらしい。

「それでなぜ」

と、本題にひきもどした。なぜこの屋敷にきたか。

源四郎は、正直に話そうとおもった。正直に話す以外にお今のような女の心を攬《と》ることはできないとおもった。

「鬼切りの太刀なのだ」

と、源四郎は、いった。

それがほしい。なぜほしいか、ということも話した。

「いや、しばらくでよい。貸してほしい」

といった。呉れとはいわない、というのである。せめてひと月、と源四郎は右コブシをあげ、指を一本立てた。

「いかがでござる」

「押しつけがましい」

お今はいった。

「あれは足利の御家の伝来で、足利家の正嫡の者が氏ノ長者を嗣ぐとき、あの太刀がそのシルシとして譲られるのです。そのため太刀はつねに将軍のお座所を離れませぬ」

「ではなぜ、このお屋敷にある」

「お旅所《たびしょ》のようなもの」

と、お今はいう。神社《やしろ》では祭礼や遷宮《せんぐう》などのときに神体《かみしろ》をよそに移す。そのとき一時安置する場所をお旅所という。ここにあるのはそういう意味だ、とお今はいった。

「ここにあるかぎり」

といったのは、源四郎である。

将軍のお今に対する愛がたとえ醒めても（もはや醒めているのだが）将軍としてはお今におろそかなことができぬ、そのためにお今はここに置いているのではないか、と源四郎はいった。

「慧《さと》そうなことを言いやる」

と、お今はみるみる表情を不快にし、その話題をうち切った。

おことわり

本作品中には、今日では差別的表現あるいは差別的表現ととられかねない箇所が含まれています。

しかし、室町時代を背景にしている歴史時代小説であること、また著者自身に差別を助長するような意図はなく、さらに著者が故人であることも考慮し、原文どおりとしました。

（出版部）

|著者|司馬遼太郎　1923年大阪市生まれ。大阪外国語学校蒙古語科卒。産経新聞社勤務中から歴史小説の執筆を始め、'56年「ペルシャの幻術師」で講談倶楽部賞を受賞する。その後、直木賞、菊池寛賞、吉川英治文学賞、読売文学賞、大佛次郎賞などに輝く。'93年文化勲章を受章したが、'96年72歳で他界した。『竜馬がゆく』『坂の上の雲』『翔ぶが如く』など〝司馬史観〟と呼ばれる著書が多数ある。

新装版《しんそうばん》　妖怪《ようかい》(上)

司馬遼太郎《しばりょうたろう》

2007年10月16日第1刷発行
2008年9月1日第3刷発行

発行者——野間佐和子

発行所——株式会社　講談社

東京都文京区音羽2-12-21　〒112-8001

電話　出版部　(03) 5395-3510
　　　販売部　(03) 5395-5817
　　　業務部　(03) 5395-3615

Printed in Japan

講談社文庫

定価はカバーに表示してあります

デザイン—菊地信義

本文データ制作—講談社プリプレス管理部

印刷———豊国印刷株式会社

製本———株式会社大進堂

落丁本・乱丁本は購入書店名を明記のうえ、小社業務部あてにお送りください。送料は小社負担にてお取替えします。なお、この本の内容についてのお問い合わせは文庫出版部あてにお願いいたします。

ISBN978-4-06-275786-7

講談社文庫刊行の辞

二十一世紀の到来を目睫に望みながら、われわれはいま、人類史上かつて例を見ない巨大な転換期をむかえようとしている。

世界も、日本も、激動の予兆に対する期待とおののきを内に蔵して、未知の時代に歩み入ろうとしている。このときにあたり、創業の人野間清治の「ナショナル・エデュケイター」への志を現代に甦らせようと意図して、われわれはここに古今の文芸作品はいうまでもなく、ひろく人文・社会・自然の諸科学から東西の名著を網羅する、新しい綜合文庫の発刊を決意した。

激動の転換期はまた断絶の時代である。われわれは戦後二十五年間の出版文化のありかたへの深い反省をこめて、この断絶の時代にあえて人間的な持続を求めようとする。いたずらに浮薄な商業主義のあだ花を追い求めることなく、長期にわたって良書に生命をあたえようとつとめるところにしか、今後の出版文化の真の繁栄はあり得ないと信じるからである。

同時にわれわれはこの綜合文庫の刊行を通じて、人文・社会・自然の諸科学が、結局人間の学にほかならないことを立証しようと願っている。かつて知識とは、「汝自身を知る」ことにつきていた。現代社会の瑣末な情報の氾濫のなかから、力強い知識の源泉を掘り起し、技術文明のただなかに、生きた人間の姿を復活させること。それこそわれわれの切なる希求である。

われわれは権威に盲従せず、俗流に媚びることなく、渾然一体となって日本の「草の根」をかたちづくる若く新しい世代の人々に、心をこめてこの新しい綜合文庫をおくり届けたい。それは知識の泉であるとともに感受性のふるさとであり、もっとも有機的に組織され、社会に開かれた万人のための大学をめざしている。大方の支援と協力を衷心より切望してやまない。

一九七一年七月

野間省一

里見 蘭／三田紀房／原作　小説 ドラゴン桜〈挑戦！ 東大模試篇〉
佐藤友哉　フリッカー式〈鏡公彦にうってつけの殺人〉
佐藤友哉　エナメルを塗った魂の比重〈鏡稜子ときせかえ密室〉
佐藤友哉　水没ピアノ〈鏡創士がひきもどす犯罪〉
桜井亜美　チェルシー
桜井亜美　Frozen《フローズン》 Ecstasy《エクスタシー》 Shake《シェイク》
サンプラザ中野　〈小説〉大きな玉ネギの下で
櫻田大造　「優」をあげたくなる答案・レポートの作成術
桜井潮実　「うちの子は『算数』ができない」と思う前に読む本
佐川光晴　縮んだ愛
司馬遼太郎　新装版 播磨灘物語 全四冊
司馬遼太郎　新装版 箱根の坂 (上)(中)(下)
司馬遼太郎　新装版 アームストロング砲
司馬遼太郎　新装版 歳月 (上)(下)
司馬遼太郎　新装版 おれは権現
司馬遼太郎　新装版 大坂侍
司馬遼太郎　新装版 北斗の人 (上)(下)
司馬遼太郎　新装版 軍師二人
司馬遼太郎　新装版 真説宮本武蔵

司馬遼太郎　新装版 戦雲の夢
司馬遼太郎　新装版 最後の伊賀者
司馬遼太郎　新装版 俄 (上)(下)
司馬遼太郎　新装版 尻啖え孫市 (上)(下)
司馬遼太郎　新装版 王城の護衛者
司馬遼太郎　新装版 妖怪 (上)(下)
司馬遼太郎　新装版 風の武士 (上)(下)
司馬遼太郎／海音寺潮五郎　新装版 日本歴史を点検する
司馬遼太郎／井上ひさし　新装版 国家・宗教・日本人
司馬遼太郎／陳舜臣／金達寿　新装版 歴史の交差路にて〈日本・中国・朝鮮〉
柴田錬三郎　岡っ引どぶ 正・続〈柴錬捕物帖〉
柴田錬三郎　お江戸日本橋 (上)(下)
柴田錬三郎　三国志〈柴錬痛快文庫〉
柴田錬三郎　江戸っ子侍 (上)(下)
柴田錬三郎　貧乏同心御用帳
柴田錬三郎　新装版 岡っ引どぶ〈柴錬捕物帖〉
柴田錬三郎　新装版 顔十郎罷り通る (上)(下)
城山三郎　ビッグボーイの生涯〈五島昇その人〉
城山三郎　この命、何をあくせく

白石一郎　火炎城
白石一郎　鷹ノ羽の城
白石一郎　銭の城
白石一郎　びいどろの城
白石一郎　庖丁ざむらい〈十時半睡事件帖〉
白石一郎　観音妖女〈十時半睡事件帖〉
白石一郎　刀〈十時半睡事件帖〉
白石一郎　犬を飼う武士〈十時半睡事件帖〉
白石一郎　出世長屋〈十時半睡事件帖〉
白石一郎　おんな舟〈十時半睡事件帖〉
白石一郎　東海道をゆく〈十時半睡事件帖〉
白石一郎　海よ島よ〈歴史紀行〉
白石一郎　乱世を斬る〈歴史エッセイ〉
白石一郎　海将 (上)(下)
白石一郎　蒙古襲来〈海から見た歴史〉
志水辰夫　帰りなん、いざ
志水辰夫　花ならアザミ
志水辰夫　負け犬
新宮正春　抜打ち庄五郎

2008年6月15日現在

「司馬遼太郎記念館」への招待

司馬遼太郎記念館は自宅と隣接地に建てられた安藤忠雄氏設計の建物で構成されている。広さは、約2300平方メートル。2001年11月に開館した。

数々の作品が生まれた自宅の書斎、四季の変化を見せる雑木林風の自宅の庭、高さ11メートル、地下1階から地上2階までの三層吹き抜けの壁面に、資料本や自著本など2万余冊が収納されている大書架、……などから一人の作家の精神を感じ取っていただく構成になっている。展示中心の見る記念館というより、感じる記念館ということを意図した。この空間で、わずかでもいい、ゆとりの時間をもっていただき、来館者ご自身が思い思いにしばし考える時間をもっていただきたい、という願いを込めている。　(館長　上村洋行)

利用案内

所在地　大阪府東大阪市下小阪3丁目11番18号　〒577-0803
TEL　06-6726-3860 , 06-6726-3859(友の会)
HP　http://www.shibazaidan.or.jp
開館時間　10:00～17:00(入館受付は16:30まで)
休館日　毎週月曜日(祝日・振替休日の場合は翌日が休館)
特別資料整理期間(9/1～10)、年末・年始(12/28～1/4)
※その他臨時に休館することがあります。

入館料

	一般	団体
大人	500円	400円
高・中学生	300円	240円
小学生	200円	160円

※団体は20名以上
※障害者手帳を持参の方は無料

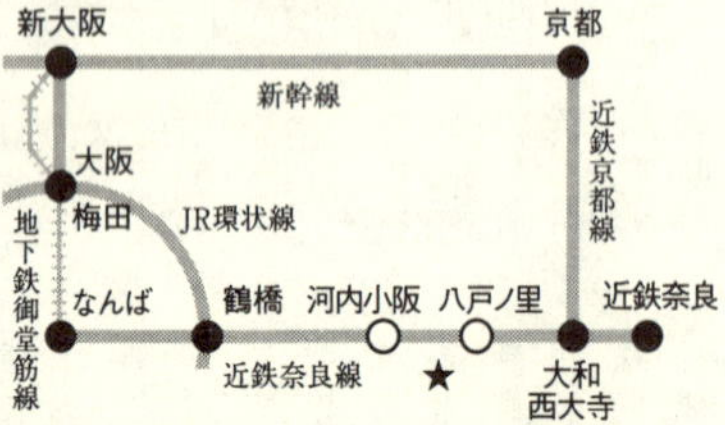

アクセス　近鉄奈良線「河内小阪駅」下車、徒歩12分。「八戸ノ里駅」下車、徒歩8分。
Ⓟ5台　大型バスは近くに無料一時駐車場あり。但し事前にご連絡ください。

記念館友の会　ご案内

友の会は司馬作品を愛し、記念館を支えてくださる会員の皆さんとのコミュニケーションの場です。会員になると、会誌「遼」(年4回発行)をお届けします。また、講演会、交流会、ツアーなど、館の行事に会員価格で参加できるなどの特典があります。

年会費　一般会員3000円　サポート会員1万円　企業サポート会員5万円
お申し込み、お問い合わせは友の会事務局まで
TEL 06-6726-3859　FAX 06-6726-3856